# むかしむかしあるところに、死体がありました。

青柳碧人



双葉文庫

目次

むかしむかしあるところに、死体がありました。

# 一寸法師の不在証明

一、

鬼が現れたのは、春姫《はるひめ》様が存生祀《ぞんじょうまつ》りの参詣《さんけい》から帰る途中のことでした。存生祀りというのは、命がある喜びを神様に感謝してお互いの生を称《たた》え合う一方、死について語ることを一切禁ずるという古くからのしきたりの一つで、毎年九月七日に行われるのです。例年ならばもう少し早い時刻に帰るものを、今年は神官に引き留められ、遅くなってしまったのでした。

かつて下栗村《しもくりむら》と呼ばれていたそのあたりは、今は、朽ち果てた民家や、荒れ野となった田畑が残るばかり。以前より妖《あやかし》の類《たぐい》が出ると噂《うわさ》があったこともあり、私を含む三条《さんじょう》右大臣《うだいじん》殿の家来どもも、気をつけてはおったのですが。

都のほうから申三刻《さるさんこく》(午後四時)を告げる鐘の音が聞こえてきたとき、突然、生臭い風が吹いたのです。さっと空は曇り、肌が粟立つような寒さになりました。雷が落ちたような大きな笑い声とともに、目の前に虎の皮の腰布だけをまとった鬼が立っていまし

に真っ赤です。牛のような角。ぎょろりとした二つの眼《まなこ》。岩のようにごつごつした体は腫《は》れたよう

「藤の香りに誘われて出てみれば、これはなんと美味《うま》そうな女子《おなご》じゃ。どれ、おいらが頭からかぶりついてやろう」

鬼は口をにんまりと開き、真っ赤な腕を姫に伸ばしてきました。十人の家来たちが一斉に刀を抜きます。

「春姫様、お逃げください」

私は鬼の足に斬りかかっていきました。しかし、その鋼のごとき膚《はだ》に刀はぽきりと折れてしまいました。ぐわっはっはという鬼の笑い声に、あたりの草木や廃屋は吹き飛ばされそうでした。

春姫様の懐《ふところ》から、あやつが飛び出したのは、そのときでした。

「おい、鬼よ!」

それは、五日前からお屋敷に仕えはじめた男でした。身の丈が一寸《いっすん》と少々しかないので一寸法師と名乗っているのです。体は汁椀に入ってしまうほど小さいくせに声だけは一丁前に大きく、初めてお屋敷に現れたときに、私たち家来はたいそう気味悪がったのですが、春姫様が可愛らしいというので右大臣殿も気をよくし、家来の一人に加えられたのでした。今日の参詣にも同行しており、その面白い仕草を神官が珍しがって引き留

めるので、こうも遅くなってしまったのです。

「誰だ。声は聞こえるが、姿が見えぬぞ」

鬼はぎろりぎろりと、足元を見回しています。

「一寸法師、何をしておる、こっちへ戻ってこい！」

私たちは口々に言いますが、一寸法師のやつはとんと聞く耳を持ちません。

「どこを見ている、ここじゃ、お前の足の親指のあたりよ」

「おお。なんだお前は。ずいぶん小さいのう」

「体は小さくても武士《もののふ》百人分の豪気を備えておるわ。鬼よ、この一寸法師が相手じゃ」

ぐわっはははっは！　ぐわっははは！　鬼はたいそう楽しそうに笑い、身をかがめると、一寸法師の襟首をひょいとつまみ上げました。一寸法師は針の刀をぶんぶんと振り回しますが、もちろん鬼に当たることはありません。鬼はなおも愉快そうに口を開けると、一寸法師を口の中に放り込み、ごっくんと飲んでしまいました。

「腹の足しにもならんやつじゃ！」

春姫様はあまりのことに泣き出しますが、私たちにはどうすることもできません。それより、春姫様だけは何とか守らねばならぬのです。

「次に食われたいやつは誰じゃ？」

私は刀を構え、鬼を睨《にら》み返しましたが、足が震えて立っているのがやっとでした。

「ええい、まとめて食ってくれるわ！」

と、鬼が私に手を伸ばしてきたそのときでした。

「いたたたた！」

突然、鬼が腹を押さえてうずくまったのです。なんだなんだと見ていると、さっき食われたばかりの一寸法師の声が聞こえてきました。

「おい、鬼よ。私をひと飲みにしたのが運の尽きだったな。私は今、お前の腹の中に針の刀を突き立てているのだ。えい」

「いーたたたた！」

鬼は陸《おか》にあげられた鯨のように、のたうち回ります。

「くそっ、この、こしゃくな……」

悪態をつきますが、また腹の中の一寸法師が刀を突き立てたと見え、鬼は痛がります。わざと自分を丸のみにさせて、腹の中から針の刀で刺すとは、なんと賢いやり方なのでしょう。

鬼はさんざん苦しんだ挙句、

「わ、わかった、まいった」

仰向けになったまま降参しました。目からは涙、口からは涎《よだれ》が垂れています。

「鬼よ、お主は今までさんざん悪さをしてきたろう。これくらいでは懲《こ》らしめが足りぬ。

しばらく痛めつけてやるわ、えい、えい！」

「あいたたた。やめてくれ、やめてくれ。わかった。おいらのとっておきの宝をやろう」

「宝だと？」

「この世に二つとない、打ち出の小槌《こづち》じゃ」

「よかろう。……江口《えぐち》殿、聞こえますか」

腹の中の一寸法師が呼んだのは私の名でした。

「聞こえておるぞ。どうしたのだ？」

「お手数とは存じますが、皆で鬼めの腹をへそから胸のほうへとさすってはもらえないでしょうか。腹の中の動きに乗じ、口から出ていきたいと存じます」

「承知つかまつった」

私は他の家来を促し、皆で倒れている鬼の腹をさすりました。鬼は抗う様子も見せません。相当、一寸法師の仕打ちに懲りたものと見えます。

それから一寸法師が出てくるまで、だいぶかかりました。鬼はずいぶんえずくのですが、「まだまだ」「もうひとつ」と、一寸法師は声ばかりで、なかなか出てきません。そうこうしているうちにあたりはすっかり闇に包まれ、鬼も私たちも皆しびれを切らし、都のほうより酉三刻《とりさんこく》（午後六時）の鐘が聞こえてきた頃ようやく、鬼の牙のあいだから一寸法師がぴょこりと顔を出したのです。

「やあ、すみませんでした。喉の骨に着物が引っかかって」

鬼の胃液と涎にまみれて魚の腐ったような臭いを漂わせつつも、けろりとした笑顔でした。

二、

お屋敷では、右大臣殿が春姫様の帰りを今か今かと待ち構えていました。私たちが門をくぐるなり、お付きの女房たちと共に駆けてきて、咳《せ》き込みながら春姫様の手を取りました。春姫様の足には、可愛がっている白猫が、にゃおにゃおとまとわりついてきます。

「心配しておったぞ、どこで道草を食っておったのじゃ」

右大臣殿は病にかかり、ここのところ体の調子が良くないのでございます。

「お父上、道草を食っておったのではございませぬ。途中、下栗村で鬼に襲われたのでございます」

ただでさえ青ざめている右大臣殿は身震いし、周囲で女房たちがざわめきます。

「ご安心くださいませ、春は怪我《けが》ひとつしておりません。一寸法師が助けてくれましたから」

春姫様は右大臣殿に、鬼に襲われてから宝物を得るまでの一部始終を語りました。右大臣殿は自分の足元にいる小さな男を見据え、「よくやった！」と叫びました。

「家来として、当然のことをしただけでございまする」

一寸法師は頭を下げます。

「頼もしい男よ。ところで、その、宝物というのは何じゃ？」

「これにございます」

春姫様は、小さな槌を右大臣殿に見せました。一寸法師を吐き出した鬼は「これを持っていけ！」と放り投げ、山の中へ逃げていったのでした。

「鬼は、打ち出の小槌などと申しておりましたが」

「うむ。聞いたことがあるぞ。生き物の体を大きくしたり小さくしたりできるのではなかったか。たしか、自分自身にはかけられぬはずであったが」

右大臣殿は一寸法師に「そこに立っておれ」と命じると、春姫様に何事かを囁《ささや》きました。春姫様はうなずくと、一寸法師に向かって打ち出の小槌を振りながら、こう唱《とな》えはじめたのです。

「大きくなあれ、大きくなあれ」

私たちは目を疑いました。小槌から黄色い光が出たかと思うと、それに包まれた一寸法師の体が、ずん、ずん、と大きくなっていくのです。

「大きくなあれ、大きくなあれ」

しかし──、大きくなっていくのは体ばかり。着物はぱちんとはちきれました。

もうそこには、指先ほどの小さな男はいませんでした。立派な体つきをした、真っ裸の美青年が立っているのでした。

「これは……」

春姫様は小槌を投げ出し、恥ずかしそうに顔を覆います。

「誰か、着るものを持ってまいれ。……一寸法師よ、そなたは勇敢なる男ぞ。その打出の小槌はそなたが持っておるがよい」

「はっ」

「それにそなたには、姫を助けた褒美《ほうび》に、なんでも好きなものをとらせよう。申してみよ」

すると、裸の男は顔を赤らめながら、春姫様のほうを見たのです。

「では、春姫様をいただきたく存じます」

その言葉に、家来たちも女房連中も驚きました。右大臣殿は病魔に冒された顔でしばらく顎をさすったあとで「気に入った」とうなずきました。

「私もこの先、長くはあるまい。跡取りのことを真剣に考えていたんじゃ。そなたのような男にならば娘をやってもよかろう」

急ではありますが、めでたいことに女房たちは嬉しそうです。春姫様は真っ赤になってうつむいています。相思相愛であることは誰の目にも明らかでした。

「ことは早いほうがよい。婚儀は二日後、執り行うぞ」

右大臣殿は声高らかに告げたのでした。

三、

――二日後の、九月九日。

婚姻の儀式はすでに終わり、宴《うたげ》が始まっていました。屋敷の中からは笛太鼓の音や楽しそうな笑い声が聞こえてきますが、私は門の番をする日にあたっていました。たとえめでたい日であっても、誰かが門を守らねばなりません。

検非違使《けびいし》の手先と名乗る男がふらりとやってきたのは、未一刻《ひつじいっこく》(午後一時)になろうかという頃でした。

「黒三日月《くろみかづき》と申します」

どことなく下卑《げび》た笑いと、曲がった背中が特徴的でありました。歳はまだ若く、十五、六といったところでしょう。

「検非違使が右大臣殿の屋敷に何の用であるか」

「都より東に行ったところに、上栗村《かみくりむら》というのがあるのを知っておられますか」

「川のほとりの村であろう」

「ええ。その上栗村で、存生祀りの日の夕刻に殺しがあったという報《しら》せが同志よりあり、私が調べることになったのです。殺されたのは冬吉《ふゆきち》なる男。当年三十になりますが一人暮らしで、畑をやるかたわら、漬物を売って暮らしておりました。その漬物は村の周囲では少しばかり評判だったようで」

「なぜそのような男の死を、検非違使が追っているのだ」

黒三日月とやらは私に顔を近づけ、声を低くしました。

「ここだけの話ですが、冬吉はさる高貴なお方が、庶民の女に産ませた子だそうで。その秘密が表沙汰になるのを恐れた何者かが殺させたのでは、という噂があるのです」

「高貴なお方というのは？」

黙ったまま、黒三日月は私の肩越しに屋敷を指さします。

「まさか、三条右大臣殿だとでもいうのか」

「右大臣殿は御病気でもう長くはないとは、都の外にまで聞こえております。このままでは春姫様とご結婚した者が跡取りになりましょう。しかし、その折に冬吉が現れて、我こそが跡取りであると主張でもしたらややこしいことになりまする」

たしかに本当ならば大事《おおごと》ですが……、この男を信用していいものでしょうか。笑い方ばかりでなく、身なりも薄汚いし、妙な臭いも漂わせています。右大臣殿のお屋敷に入れるわけにはいかない。そう思って一歩前へ出ると、黒三日月はひょいと軽い身のこなしで門をくぐり抜け、私の後ろに立っているのでした。

「すぐに終わりますから」

ひらりと手を挙げ、屋敷のほうへ走っていきました。追いかけようとしましたが、なぜか足が動きません。しばらくそのままでいると、やがて黒三日月が屋敷から戻ってきました。

「春姫様、お綺麗でしたな。堀川《ほりかわ》少将なる男もよくやったものです」

打ち出の小槌によっていっぱしの侍になったのであるから、もう「一寸法師」と呼ぶのはおかしい。右大臣殿はそう仰せになられ、彼に「堀川少将」という立派な名前をお与えになったのでした。

「それに、お料理も素晴らしかったですねえ。鯛《たい》も鯖《さば》もおいしそうでしたし、あんなに大きな鮎《あゆ》は初めて見ました。どこの川で取れたのですか」

——今朝、台所を通りがかったときのことを思い出しました。女房たちが騒いでいるので、「どうしたのだ」と声をかけながら覗《のぞ》くと、女房たちに囲まれ、堀川少将が振り向いて「すごいですぞ、打ち出の小槌の威力は」と桶を差し出してきたのでした。中を見て仰天。人の腕ほどの鮎が泳いでいるのです。堀川少将は自分の婚儀の宴に向け、打ち出の小槌で川から獲ってきたばかりの鮎を大きくしたのだそうです。「鯛もやってみてくださいまし」と女房たちが騒ぐので堀川少将はやってみますが、一向に大きくなりません。鮎は生きているから大きくなるが、鯛は死んでいるのでできないのだろう、と堀川少将は説明していました。そういえば堀川少将自身が大きくなったときも、着物はそのままに、体だけが大きくなりました。打ち出の小槌の不思議な力は、生きているものの体だけに及ぶと思われます。

……そんなことをこの男に言っても、どうなるものでもありません。

「しかし、みんな酔っぱらっちゃって、話を聞けませんよ。まいりました」

「もうよいだろう。とっとと立ち去るがよい」

黒三日月はへっへへと笑い、私の顔を覗き込みました。

「ところで江口殿、あなたあの男に春姫様を取られていいのですか」

「何を申す」

「お好きなのでしょう、春姫様が」

私はどきりとしました。

十二で三条右大臣殿の屋敷に勤めはじめ、今年で十三年目になります。春姫様のことは子どもの頃から世話をしてきており、美しい姫君になられたのをたいそう嬉しく思っていました。その桜の花のような笑顔に、心を動かされたことは一度や二度ではありません。春姫様が私の妻になってくれたら。そう思うことが何度もありました。

「しかし、春姫様もあの男のことを気に入られているようだ」

「そんなことじゃいけません。だいたい、あの堀川少将という男がどこから来た者なのか、わかったものではないではないですか。どうでしょう。あの男について、ご存じのことをお教え願えませんか」

私に何かを焚《た》きつけようとしているような口調でした。私は堀川少将、すなわち一寸法師がやってきたときのことから、二日前に鬼を退治したときのことまでを話しました。

「ふむ」

黒三日月は顎に手を当てます。しばらく何かを考えているようでしたが、やがて思いついたようです。

「お屋敷にやってきたのは九月二日のことだったと。……たった五日で姫君ばかりではなく右大臣殿の心まで虜《とりこ》にしてしまうとは、色男を通り越して、まるで妖怪ではないですか」

黒三日月は首を回すような仕草をしたかと思うと、真剣な表情で私の顔を見つめました。

「実は殺された冬吉なのですが、九月朔日《ついたち》の夜に人を家に泊めているのです。同じく上栗村に住む、よねという十二の娘が、川の上流よりお椀に乗ってやってきた小さな人を掬《すく》いあげ、それを冬吉が手のひらに乗せて、家に連れ帰っているのですよ」

「何だと。ではその、右大臣殿の落とし子かもしれぬ冬吉と一寸法師は、会ったことがあるというのか」

「ええ、そればかりではなく」

黒三日月は私のほうへ一歩近づきます。

「二日前の夜、冬吉の死体を見つけたのもよねだったのですが、そのとき、冬吉の家の戸は内側からつっかえ棒がしてあったのです。家の裏には窓がありますが、格子が取りつけてあって出入りはできません。よねの話によれば、つっかえ棒は少しだけ短く、戸は少しだけ開いてそれ以上開かなくなったというのです。ちょうど一寸ほどの隙間だということで」

ようやく私は、この男がなぜここへやってきたか、わかりました。一寸法師のことを疑っているのです。

「冬吉が死んだ、正確な時刻はいつじゃ」

「九月七日、申三刻の鐘と同時に、川から水を汲《く》むよねのところに冬吉がやってきて、『大根がよく漬かったから分けてやる。酉三刻頃に来てくれ』と言ったそうで。よねが言われたとおりに行ってみたところ、冬吉は死んでいたとのことです」

「ふむ。それでは、一寸法師が下手人ではないことは明らかだ」

「なぜです？」

初めて心外そうな顔をしたその男に、私は言ってやったのです。

「九月七日の申三刻から酉三刻。そのあいだ、一寸法師は鬼の腹の中にいたのだ」

黒三日月はきょとんとして私の説明を聞いていましたが、やがてけらけらと笑いはじめました。屋敷の中にまでこの笑い声が届くのではないかと心配になるほどでした。

「こりゃ面白い、こりゃ傑作だ！」

「何が面白いのだ？」

「江口殿、ここでの番はいつまでしてなけりゃいけないのです？」

私の問いを無視して、黒三日月は訊ねます。

「あと少しで終わるが」

「ではこの先の菅原《すがわら》殿のお屋敷の前で暇をつぶしておりますから、交代したら来てください。一緒に行きましょう、上栗村へ。婚儀の宴なんぞより、ずっと面白いことが待っていますよ」

告げると、黒三日月は私の返事も聞かずに、さっさと去っていきました。

四、

この小男のことなど放っておいてもよかったのですが、宴が行われている広間へ行ってみると、みな酔っぱらっていて、私が入ってきたことになど誰も気づかぬ様子でした。もともと酒の飲めぬ私は馬鹿馬鹿しくなり、屋敷の裏口から出て菅原殿のお屋敷へと向かったのです。待っていた黒三日月は嬉しそうに私に向かって手を挙げました。二人で、すぐに上栗村へ向かいました。

「ときに江口殿」

歩きはじめてどれくらい経ったときでしょうか。黒三日月は私に訊ねてきました。

「申三刻から酉三刻といえば、一刻（二時間）もあります。一寸法師はそのあいだずっと、鬼の腹にいたのですか」

「うむ。間違いない。申三刻の鐘のすぐあと、鬼が現れ、ほどなくしてあやつは飲み込まれた。腹の中で暴れはじめてから鬼はすぐに降参したのだが、そのあと口から出てくるまでが長く、酉三刻の鐘が鳴った頃だった」

「下栗村と上栗村はそう離れておりませぬ。歩いて往復しても半刻（一時間）もかからぬかと」

どうもこの男は、一寸法師を下手人に仕立てあげたいようでした。

「いくら近い場所にいたとしても、鬼の腹の中におったのでは無理であろう」

「鬼の体からの出口は一つではございませぬ。尻の穴があるではありませぬか」

私たちが一寸法師を出そうと腹をさすっているあいだに、一寸法師は鬼の尻の穴から出て上栗村まで走り、戸のわずかな隙間を入って冬吉を殺《あや》めて戻ってきたと、そう言うのです。

「鬼は虎の皮の腰布ひとつだったのでしょう？　尻の穴から出るのは、たやすかったのでは。江口殿たちは、鬼の口に注目されていたはずです。ただでさえうす暗い夕刻、一寸法師が尻の穴から出てくるのに気づかなかったとしてもおかしくはありませぬ」

大真面目《まじめ》な黒三日月を見て、私は呆《あき》れました。

「腸《はらわた》の中を通ったというのか。臭くなりそうなものじゃ」

「冬吉を殺めて戻った後、もう一度尻の穴から入り、腸を通って胃と喉を通りまする。このとき、生臭さに腸の臭いは紛れてしまったのでは？」

たしかに、鬼の口から出てきたときの一寸法師は、魚の腐ったような臭いにまみれていました。しかし、そんなことで納得するわけにはまいりません。

「私たちが鬼の腹をさすっておるあいだ、鬼はずっと苦しんでおった。それに、腹の中からは時折、一寸法師の声が聞こえていたぞ」

「そうでございましたか……」

と黒三日月はしばらく考えていましたが、またあの、不気味な笑みを浮かべるのです。

「やはり面白うなってまいりましたな。急ぎましょう」

本当に不思議な男です。

＊

上栗村は川のほとりにある村です。小さな村ながら住人は多いようでした。

冬吉の家は、その村のはずれにひっそりとありました。家というよりは小屋といったほうがいいようですが、一人で暮らすには十分だったのでしょう。家の近くに、小さなかまどがあります。煮炊きは外で行っていたものと見えます。

戸板が打ち破られたままの戸口へ進むと、私の足元にすり寄ってくるものがありました。私の顔を見上げるそれは、沼から引きあげた草鞋《わらじ》のように汚い、一匹の猫でした。

しっしっ、と手を払うと、猫はにゃあとかすれ声で鳴いて走っていきました。

「何をしているのです、江口殿。中へ入られては」

黒三日月に促され、私は家に入ります。

粗末な茣蓙《ござ》が二枚、土間に直接敷いてあります。手前の一枚は両端に結びつけられた長い紐《ひも》がだらりと伸びきっているのでした。他に目ぼしいものは、粗末な小皿の中で溶け切った蠟燭《ろうそく》と、転がっている徳利、部屋の隅に置かれた古い茶簞笥、汚い鍋、縁の欠けた茶碗くらいのものです。水甕《みずがめ》くらいはあってもよさそうですが、すぐ近くに川が流れているので、必要ないのかもしれませんでした。

「冬吉はここにこうして、仰向けに倒れていたそうで」

振り返ると、黒三日月が莫蓙の上にひっくり返っていました。頭が戸口、足が窓のほうです。私はその、莫蓙の下が気になりました。杉か何かで拵《こしら》えた、ずいぶん立派な板が見えたからです。

「それは何じゃ？」

「蓋《ふた》になっているようですね。下に何かあるのでしょうか」

黒三日月はひょいと飛び起き、莫蓙をどかして木の蓋を開きました。土間に穴が掘れており、三つの甕《かめ》が並んでいます。糠《ぬか》の臭いがぷーんと漂ってきました。

「ははあ、冬吉が漬物を売って暮らしていたことは申し上げましたね。その甕でしょう」

「なるほど」

別に検《あらた》めるほどのものでもないと思った私は、壊れた戸口の方を見ました。つっかえ棒が転がっています。

「もし一寸法師が冬吉を殺めたのだとすれば、なぜ、このつっかえ棒を戸に噛《か》ませていったのだろうか」

私の問いの意味がわからなかったと見え、黒三日月は首をかしげます。

「戸口にわずかな隙間しかなければ、自分が下手人であると言っているようなものではないか」

「ふむ。たしかに」

「これはひょっとして、一寸法師が下手人だということに見せかけたかった何者かの仕《し》業《わざ》ではないか」

「しかしそうなると、その何者かは、冬吉と一寸法師が関わっていることを知っているということになりますが」

「もし」

そのとき、十二、三ばかりの娘がひょっこり戸口から顔を覗かせました。

「ひょっとして、よねさんですか」

黒三日月が訊ねます。

「そうですが、冬吉さんのことをお調べなのですか」

「はい。こちらは検非違使の江口景末《かげすえ》殿。私はその手先をしております、黒三日月と申します」

私のことを検非違使と紹介したのは、煩《わずら》わしいことを避けるためでしょう。

「冬吉さんの死体を初めに見つけたのは、よねさんだと聞きましたが」

「はい」

「よければ、そのときのことを江口殿にお話しいただけませんか？」

「え、ええと、いいですけれど」

よねの答えに私は、おや、と思いました。たしか、黒三日月に事件のことを報せた別の手先がいました。よねは、その者にも冬吉の死体を見つけたときのことを話しているはずです。しかしこの娘は、初めて事情を話すようなそぶりなのです。

「ああ、そうだ」

私の疑問をどこかへ飛ばすかのように、黒三日月はぽんと手を打ちました。

「できれば、朔日の夜に冬吉さんのところに泊まったという小さな男の話から」

よねはこくりとうなずき、話を始めました。釈然としないながらも、私は耳を傾けました。

「九月朔日の昼下がりのことです。私がそこの川で洗濯をしていると、川上のほうからお椀が流れてきました。お椀には指先ほどの小さな男の人が乗っていて、お箸《はし》を櫂《かい》にしてこちらへ近づいてきます。『どうぞ掬いあげてください』というので、私は洗濯の手を止め、お椀ごと掬いあげました」

男は「ここは京の都ですか」と訊ね、都まではもう少しあると答えると、「今晩、泊めていただけませんか」と言ってきた。母と二人暮らしのうえ貧しいので、もてなしはできないとよねが答えると、背後から冬吉に声をかけられたのだという。

「わけを話すと、それならうちに来ればいいと冬吉さんが言い、男の人を手のひらに乗せてお家へ連れ帰ったのです」

「冬吉は小さな男を奇妙だと思わなかったのだろうか」

「むしろ、可愛いと思ったのでしょう。冬吉さんは蛙だとかやもりだとか、そういう小さい生き物が好きなのです」

一寸法師もその類だと言うのでしょうか。よねは続けました。

「そのあと暗くなってから、私はなんだか小さな男の人のことが気になって、冬吉さんの家へ行ってみたのです。すぐそこまで来たところで、冬吉さんと小さな男の人の声が聞こえてきました。それで、よくないこととは知りながら、つい壁に耳をつけて会話を盗み聞きしてしまいました。すると、冬吉さんはとんでもないことを言っていたのです」

「とんでもないこと?」

「自分は、三条右大臣殿の落とし子だと」

黒三日月が私に目配せをしました。

「右大臣殿のお体の調子が悪く、もう長くはないのではという噂は、この上栗村にも届いております。もし右大臣殿が亡くなれば、跡取りに困るだろう。正妻との間の春姫様にはまだ婿がいない。右大臣殿亡きあと、名乗り出て家を乗っ取ることはできぬものか、と冬吉さんは言っていました」

冬吉はこの家に住みながら、相当の野心を燃やしていたようです。

「すると小さな男の人は言いました。『是非ともその名乗りに協力させてもらいたい。しかし、この通りの体では十分に役に立てぬかもしれぬ』と。冬吉さんはこれを聞いて、下栗村の鬼が持つという打ち出の小槌の話をしたのです」

「何だと?」

私は驚きました。一寸法師は屋敷にやってくる前にすでに、下栗村に鬼が出ることと、打ち出の小槌のことを知っていたというのです!

「小さい男の人はその話を聞いて喜んでいました。そして、鬼をおびき出すうまい手はないかと冬吉さんに訊ね、藤の香りのことを聞き出していました」

「藤の香りとは」

「ここらの者は皆知っているのですが、下栗村に棲《す》みつく鬼は藤の香りを好んでいるのです。やむを得ず通るときも、決して藤の香りのするものを身に着けてはならぬという戒めがあるくらいです。鬼は人よりはるかに鼻が利くので、くれぐれも気をつけるように」

「なるほど。では逆に言えば、わずかでも藤の香りを漂わせておけば、鬼が襲ってくる公算は高くなるということですね」

黒三日月は言いながら、ちらりと私を見ました。そういえば鬼が、「藤の香りに誘われて出てみれば」などと言っていたことを、私は思い出していました。

黒三日月は、よねに視線を戻します。

「そのあと、二人は何を話していたのですか」

「実は、私は姿勢を崩し、壁に頭をぶつけてしまったのです。『誰だ?』という冬吉さんの声に、すごく悪いことをしていた気になって必死に走って帰りました。なので、その夜のことはこれだけしか知りません」

黒三日月はうなずくと、続いてよねに、九月七日のことを話すよう促しました。中三刻の鐘が鳴ったころに水を汲みに行こうとしたところで声をかけられ、後で漬物を取りにくるようにと言われたことなどは、黒三日月に聞いた内容とほぼ同じでした。

「私は言われたとおり、酉三刻の鐘が鳴ったときにこの家へやってきたのです。すると、戸が一寸ばかり開き、中から明かりが漏れていました。声をかけながら中を覗くと、蠟燭のぼんやりとした明かりの中、首を縄で縛られ、恐ろしい形相で倒れている冬吉さんの姿がありました。私は慌てて戸を引き開けようとしましたが、一寸より大きくは開きませんでした。私はそのまま家へ戻り、翌日になって村の男の人に冬吉さんのことを伝えに行ったのです。男の人たちは少ししか開かないこの戸を壊してくださり、ついに死体とまみえることになったのです」

私の中に疑問が一つ浮かびます。

「なぜ死体を見つけた夜のうちに男どもに報せず、翌日まで待ったのだ」

「九月七日は、存生祀りの日ですから」

その答えに、私は納得しました。存生祀りの日は、死者について語るのは厳禁なのです。このような村の娘がそのしきたりを守っていることを、私は健気《けなげ》に思いました。

「そうであった。先を聞かせてくれ」

「はい。冬吉さんの首には縄が巻きつき、きつく縛られていました。その着物からはお酒の臭いがしておりました。よほど飲んで、こぼしたのでしょうか。それと、殺されたときに争ったのかわかりませんが、右腕が袖に入っておりませんでした。簡単な葬儀のあとで冬吉さんは、村の男の人たちによってお墓に埋められました」

「ありがとうございました。よねさん、もうお帰り頂いてけっこうです」

黒三日月の言葉に、よねは頭を下げ、帰っていきました。

「どうですか江口殿。一寸法師が怪しいとは思えませぬか。藤といえば季節外れですが、何かお心当たりは」

「右大臣殿の御趣味は香道である」

屋敷の一角にはそのための部屋まであり、無数の御香が収められています。もちろんこのことは家の者は皆知っており、一寸法師ほどの小さい体ならば、あの部屋に忍び込んで藤の御香を盗んでおくことなど朝飯前であったでしょう。

しかし存生祀りのあの日に、一寸法師が藤の香りを漂わせていたかどうかはわかりません。春姫様をはじめ、あの場にいた者どもからもそんな話は出ませんでした。

「江口殿や他の方々はわからなかったとしても、一寸法師のやつめはわずかに藤の香りを漂わせていたに違いありません。やつには、鬼をおびき出し、腹の中に入って降参させる算段ができていたのでしょう。手柄を上げて勇敢なる者であると右大臣殿に印象づけたうえで、打ち出の小槌で体を大きくし、春姫様の婿に入る計画を立てることができたのです。となれば、すべての情報元であり、右大臣殿の息子でもある冬吉は邪魔です。殺してしまおうという気になってもおかしくありません」

私の中でも一寸法師——堀川少将への疑いは濃くなっています。しかし、どうしても解せないところがあるのも事実です。

「黒三日月よ。やはり存生祀りの日に冬吉を殺しに行くのは不可能だったはずだ。やつが鬼の腹の中にいたのは、私が証明できる。それに、一寸法師の小さき体で、冬吉の首を縄で絞めることなどできたろうか」

ふうむ、と黒三日月は唸《うな》ったかと思うと、

「一寸法師と鬼が共謀していたということは考えられませぬか。あたかも、一寸法師が腹の中にいるように見せかける芝居をしていたとは。鬼ならば、声色も使い分けられたのではないでしょうか」

とんでもないことを言い出しました。

「馬鹿を申すな」

「では、下栗村へ行ってみますか」

「なぜじゃ?」

「鬼を問いただすためでございます」

五、

二日前にも通った下栗村は、ひっそりとしていて不気味でした。黒三日月は勝手知ったる場所とでも言いたげに、廃屋と廃屋のあいだの、草が生い茂っている路地を進んでいき、崖の前にたどり着きました。その崖には大きな洞穴があいていますが、中でくねくねと曲がっているようで、真っ暗な奥は見えません。

「おい、鬼よ。出てこい、鬼よ!」

黒三日月が何度か叫んでいるうち、穴の奥より気配がして、のっそりと鬼が出てきました。先日の鬼ですが、私の姿を見るなり、ひっ、と怯《おび》えたような声を出して奥へ戻ろうとします。先日の一寸法師の仕打ちが、相当こたえたと見えます。

「待て、鬼よ！」

私は呼びかけました。

「許してください。悪さはもうしません。あなた方に渡すほど価値のある物も何もございません」

赤鬼が情けないものです。黒三日月がふっふっ、ふぅーっと、不思議な息をすると、鬼は誘われるようにこちらを向き、洞穴から出てきました。

「我らは、先日、九月七日の存生祀りの日のことを確認しに参ったのだ。中三刻にこの村を通った我らの前に、お前は現れたな」

「へ、へえ。おいらの好きな藤の香りと、人間の美味そうな臭いが入り混じってきたんで、つい」

私の問いに対し、ぺこぺこ頭を下げました。やはり、藤の香りが契機でした。

「お前は一寸法師を飲み込み、腹の中で暴れられ、降参した。その後、我らが腹をさすってあやつを吐き出すまで、一刻ばかりかかったが、そのあいだ、やつは確実に腹の中にいたのか」

「そ、そりゃもう。おいらが痛い痛いと叫び続けるのを、見ていたでしょう？」

「やつがお前の尻の穴から出ていき、そのあとまた入ったなどということはないな？」

「そのようなおぞましいこと。腹の中からもあやつの声が聞こえていたではありませんか。ああ、もう、あやつのことなど思い出したくないのです」

赤鬼のくせに青くなってぶるぶると震え出しました。いくら鬼とはいえ、これは嘘を言っているようには見えません。

「もういいでしょうか」

鬼は背中を丸め、洞窟の奥へ消えていきました。

「やはり、一寸法師は鬼の腹の中にいたのではないか」

「そのようですな」

黒三日月は答えながら、なぜか嬉しそうに言うと、

「江口殿。短いつっかえ棒のことですが、やはりあれは江口殿の言う通り、『冬吉の死は一寸法師によるものだ』ということにしたかった者の仕業でしょう」

「何？ということは、一寸法師は下手人ではないというのか」

これまでの自説を覆すような態度の黒三日月に、私は戸惑いました。すると黒三日月は「すべてわかったのです」と、自分の推測した犯行の一部始終を私に披露したのでした。——それはあまりにも奇妙すぎ、とても私にはついていけぬものでした。

六、

「江口殿、江口殿」

私の名を呼ぶ声がします。目を開けると、いつも寝ている、お屋敷の家来の部屋でした。あたりには酒の臭いがぷんぷんと漂っています。私以外の家来はそろって、婚儀の宴のあとも広間に残って酒盛りを開いており、元来酒が飲めぬ私は先にこの部屋に戻って寝ていたのです。夜も更けて他の者たちも戻ってきて寝たのだと思われ、部屋は真っ暗でした。

「江口殿」

声のほうに目をやり、ぎょっとしました。私の枕元に、黒三日月が正座をしていたのです。とっさに身を起こします。

「お前！　どうやって屋敷の中へ？」

下栗村での鬼への聞き込みの後、この小男が披露した推測があまりにも荒唐無稽だったため、私は話にならないとお屋敷まで帰ってきたのでした。

夜陰に紛れて屋敷に入ってくるなど、ずいぶんと図々しい男です。

「江口殿、聞いてください。つい先ほど、近江《おうみ》の国より戻った同志の報せにて、わかったのでございます」

「何がだ」

「一寸法師の出自でございます。あやつめはやはり、とんでもない悪漢でございます」

その後、黒三日月が語ったのは次のような話でした。

近江の国に住む老夫婦が、長年子どもが授からなくて嘆いていた。とある社《やしろ》に懸命に子宝の祈願をしたところ、ようやく男の子を授かったが、その子は身の丈が一寸ほどしかなかった。それでも老夫婦は気にせず、男の子を一寸法師と呼んで大事に育てた。一寸法師は近所の子どもたちと遊びたがったが、体が小さいのでどうしてもいじめられてしまう。そしてその性格は屈折していき、針で犬の目を突いたり、夜中に農作物をほじくり出したりという悪さをするようになった。

「大人になるにつれ、その悪さは度を超すようになり、人の家に忍び込んでは盗みを働くようになったのです。あまりの行状に、この八月の末、村の長《おさ》は一寸法師を呼び出して叱りつけました。ですが一寸法師は反省したように見せかけ、その夜、村の長の家に忍び込んで米俵に穴を開け、米を全部川へ流してしまったのです。その米は、都への租《そ》として用意されていたものでありました」

「なんということだ……」

租が納められぬということになると、その村には厳しい罰が下されることになります。

村の長なる人物が色を失ったことは想像に難《かた》くありません。

「この悪さだけは村人一同、さすがに許すことができなかったのでしょう。一寸法師を殺してしまえという暴動が起こりました。老夫婦は慌てて、お椀の舟と箸の櫂を一寸法師に与え、川に流したということです。気づいた村人たちは急いで追ったのですが、ついに追いつくことができず……それればかりか、村人たちの耳には、流れゆく一寸法師から放たれた恐ろしき呪詛《じゅそ》が届いたのだといいます」

「呪詛だと？」

「私をこんな目に遭わせたことは忘れぬぞ。都で偉くなって、このような村は焼き払ってやる――と」

私は膝が震えていくのを感じました。

「あの男、春姫様と夫婦となり、次の右大臣になることは明らかだ。近江の国のその村が焼き払われることが現実になろうぞ」

「それればかりではありません。あの男は根っからの悪。妖異でございます。都の政《まつりごと》そのものが大変なことになります。江口殿。あなたしかおりませぬ。三条右大臣殿の前であの男の罪を暴き、懲らしめてやってください」

「しかし、お主の説はあまりにも出放題がすぎ……」

「どうか夜が明けてのち、再び上栗村へ行き、証拠をお見つけください。頼みましたぞ」

　黒三日月は近寄ってくると、私の顔を覗き込んできました。昼間に見るよりその目は大きく、らんらんと光を放っている気がしました。

「では、今宵はここで」

ひょいっと軽い身のこなしで立ちあがると、庭のほうへ走っていきます。

「おい！」

呼びかけますが、その背中には私の声はもう、届いていないようでした。

七、

　黒三日月のまなざしにつき動かされるように、次の日、私はお屋敷での仕事を休み、一人、上栗村へ向かいました。冬吉の家の戸は壊されて打ち捨てられたまま。土間には蠟燭と徳利と茶簞笥と食器。茣蓙が二枚敷いてあり、しんとしているばかりです。しばらく探りましたが、証拠らしき物は何も見つかりません。これはだめだ、あきらめようと思っていたところ、

「もし」

戸口から声をかけられました。立派な口ひげを生やした大男が立っていました。

「私は、検非違使の浮橋元輔《うきはしもとすけ》と申す。貴殿は」

「三条右大臣が家来、江口景末と申す」

「ほう。ではこの家で死んだ男が、右大臣殿の御落胤《ごらくいん》と知ってここにおられるのか」

私はうなずき、これまでのいきさつを簡単に話しました。途中から浮橋の顔は、不思議そうになりました。

「ふむ。事件のあらましは当方の知るところと合致するが、わからぬことがひとつある。その黒三日月なる男はなにやつじゃ」

私はびっくりしました。

「知らぬと申すか」

「ああ。冬吉が三条右大臣殿の御落胤であるという話は以前より当局も聞き及んでおったが、その男が三日前に殺されたということは、今朝がた役所に来たある男の報せによって明らかになった。それで私がやってきたのだ」

浮橋が言ったその男の身なりは、黒三日月そのものでした。あの男が検非違使の手先であったことも嘘であり、かつ、冬吉の件が検非違使のもとに知らされたのも、今日であるというのです。

鬼の棲み処《か》を知っていたり、屋敷に忍び込んだり、近江の国の話を聞きつけてきたり、あの男には不思議なことが多すぎる……。そう考えていたとき、小屋の中でがたりと音がしました。私は浮橋と顔を見合せ、音の出所を探ります。どうやら、土間の漬物の穴からしたようです。莫蓙をどけて木の蓋を取りました。すると、漬物甕の縁に一尺ほどもあろうかという、大きなやもりがへばりついていました。

「かようなもの、どこから入ってきたのじゃ」

浮橋が気味悪そうに言いますが、当のやもりは悠然としたものでした。私たちをあざ笑うようにゆっくりと甕のあいだに隠れました。

「やもりというのは、あそこまで大きくなるものか」

「さあ。よほど滋養のある物を食うたのか」

と浮橋の疑問に冗談を返しながら、私はふと、黒三日月の推測を思い返しました。頭の中で、糸がつながった気がしました。

「そういうことであったか！」

「どうなされた」

浮橋が驚いています。私は彼の顔を見ました。

「浮橋殿。今から三条右大臣のお屋敷に来てはもらえぬか」

「何？」

「冬吉殺しの下手人を、明らかにしてみせようぞ」

八、

つい昨日、婚儀の行われていた大広間です。私と浮橋の目の前にいるのは三条右大臣殿、その右に春姫様と、夫になったばかりの堀川少将——一寸法師がおります。

「江口よ、どうしたのだ。検非違使まで連れてきて、私に何の話があるというのだ」

右大臣殿は咳《せき》をしながら言いました。お加減は今日もよくないようです。

「突然申し訳ございません。上栗村の冬吉についてお話がございます」

私より先に、浮橋が口を開きました。右大臣殿の顔が曇ります。

「冬吉は三日前、何者かによって殺されました」

「なんと……」

右大臣殿は悲しそうな顔をしました。この腹違いの兄のことは春姫様もすでにご存じだったと見え、目を伏せています。

「……して、下手人は見つかったのか」

「はい」

浮橋ではなく、今度は私が答えました。そしてはっきりと、その男の顔を指さしたのです。

「そこにいる、堀川少将でございます」

右大臣殿と春姫様がはっとしました。

「その男は生まれ故郷の近江の村では名の知れた悪童だったのです」

私は、昨晩、黒三日月が教えてくれた租についての悪行を洗いざらいぶちまけました。話の途中から、右大臣殿と春姫様の、堀川少将への信頼が揺らいでいくのを私は感じましたが、当の本人は平然としたもので、ふふふと、口元に手を当てて笑いました。

「そのようなこともあったやもしれませぬが、もう過去のこと。私はこのお屋敷に来て改心いたしました。それに、私はあいにく、その冬吉なる男とは会《お》うたこともございませぬが」

「去る九月朔日、川の上流から流れ着いたお前が、冬吉の家に泊まっているのを近所に住むよねという者が見ておる。よねは、その夜のお前と冬吉の会話まで聞いておる」

堀川少将の眉がぴくりと動きました。私は気づかぬふりをして、右大臣殿の顔を見たまま話を続けます。

「冬吉はその夜、自分が右大臣殿の落とし子であることを告白し、右大臣殿亡きあと名乗り出れば、屋敷は自分のものとなろうとまで告げたのです。さらに下栗村の鬼と打ち出の小槌のことまで聞いたこの男は、表向きは冬吉に協力して、事が成ったあかつきには家来に取り立ててもらうように頼みながら、その裏で、人並みの体を手に入れ、春姫様の夫になってこの家を乗っ取る計画を立てたのです。すべてを知る冬吉は、邪魔だったので殺めたのでしょう。なんと残忍非道極まりない悪知恵の持ち主でしょうか」

「お口がすぎますぞ、江口殿」

堀川少将が口を挟みました。

「その、よねという娘の言うことにどれほどの信用があるものか」

「おや」

私は横目で堀川少将を睨みます。

「よねが女であるとは一言も申し上げていないが、なぜそれを知っておるのか」

堀川少将は一寸《ちょっと》黙りましたが、すぐに笑いはじめました。

「よねといえば女の名前でしょう。それに江口殿、冬吉とやらが殺されたのは九月七日とのことですが、時刻はいつぐらいかわかっているのでしょうか」

「よねが家の中で倒れている冬吉を発見したのは酉三刻。生きている冬吉と言葉を交わしたのは同じくよねで、その一刻前の申三刻である」

「九月七日の申三刻から酉三刻のあいだといえば、私はちょうど、鬼の腹の中にいたではないですか。腹の中からの私の声が、江口殿の耳には届いていなかったとおっしゃるのですか」

やはり、綿密に作りあげた不在証明に絶対の自信を持っているのでしょう。私はその自信を突き崩すべく、しっかりと堀川少将の顔を見据えます。

「九月七日の酉三刻によねに発見されたとき、冬吉はまだ生きていたのだ」

「ど、どういうことじゃ」

右大臣殿の顔から血の気が失せます。私の横で、浮橋も驚いた様子でした。

「堀川少将となった一寸法師と冬吉は、しめし合わせていたのです」

*

「まず、存生祀りの前日、六日の夜中に屋敷をこっそり抜け出した一寸法師は、冬吉のもとへ行き、『お屋敷では右大臣殿があなたの存在を消したがっており、近々刺客を送り込む予定がある』などという嘘を吹き込みます。恐れをなした冬吉に、一寸法師は先に死んだように見せかければいいと、こういう提案をしたのでしょう。『明日の七日、酉三刻に家によねを呼んでおくがよい。よねが来る時刻には首に縄をかけて死んだふりをし、何者かに殺されたように見せるのだ』と」

「しかし、そのあと人が来れば、死んだふりなどすぐに露見してしまうではないか」

浮橋が言います。私は右大臣殿より浮橋のほうに視線を移し、砕けた口調で言いました。

「七日は存生祀りの日。死者について語ることは禁じられておる。よねは日が変わるまで家族にも死体のことを語らないはずだから、姿をくらます時間は十分ある、と一寸法師は言い、冬吉も納得したのだろう」

「ふむ。たしかに、死体がなくとも、よねの証言があれば冬吉は死んだことになるな」

私は続けます。

「一寸法師は七日の日の出までに屋敷に帰り、いよいよ参詣のときがやってきます。計画通り、神官の興味を引いて帰りの時刻を遅くしたことにより、下栗村を通るのは夕刻に。鬼に襲われたのはちょうど申三刻の鐘が鳴るころでした。春姫様の懐より飛び出し、鬼を挑発し、腹の中へ入ります。鬼が降参してもすぐには出てこず、酉三刻の鐘を待ったのです」

「ご冗談を」

堀川少将は両手で畳を軽く叩きました。

「そのように都合よく鬼が現れるなど、私にわかるわけがないではないですか」

「鬼が藤の香りを好んでいることは、あの辺りの者は皆知っている。藤の香りを漂わせて近くを通れば確実に鬼をおびき出せるということを、お前は冬吉から聞いておった。右大臣殿が香道をたしなまれることは、お前にとって僥倖《ぎょうこう》だったのだろう。藤の御香を盗み、人には感じられぬが鬼の鼻には届く、わずかばかりの藤の香りを漂わせておいたのだ。知らず知らずのうちにお前に操られていた鬼は、まんまとお前を飲み込んだ。一方その頃、上栗村では、冬吉が計画通り死んだふりをして、呼んでおいたよねに発見される。こうしてお前は、鬼の腹の中にいるという盤石《ばんじゃく》の不在証明を手に入れたのだ」

「まさか。私はあの日、藤の香りなど漂わせてはおりませぬ。そうだ。あのとき私が着ていた着物がまだ庭に落ちているのではないですか。それを嗅いでもらえれば……」

「無理であろう」

私は首を振ります。

「鬼の胃の液と涎で、藤の香りはすでに消されている。本当に悪知恵の利くやつじゃ」

「何の証もなくそのようなことを言うとは。右大臣殿、これはすべて江口殿の妄言《もうげん》です。今すぐやめさせてください」

右大臣殿は堀川少将の顔を見ていましたが、すぐに私のほうを向きました。

「江口、先を」

「はっ」

私は頭を下げ、右大臣殿に向かって続けました。

「春姫様とのご結婚を右大臣殿に認めてもらうにはしばらくかかるかもしれぬと堀川少将は思っていたやもしれませぬ。しかし、鬼を降参させて春姫様を救うという快挙を聞かされた右大臣殿は即、お認めになった。堀川少将は計画通りその深夜、屋敷を抜け出し、冬吉を殺すべく、台所より酒をくすねて上栗村へ走ります。そしてここで、自分の計画を揺るがす唯一のほころびに出会ったのです」

「その、ほころびとは？」

右大臣殿が身を乗り出しました。

「冬吉は一寸法師の計画に乗りながらも、完全に信用してはいなかったのでしょう。それゆえ、死んだふりをしたときに、少し短いつっかえ棒を家の戸に噛ませ、通常の人間は出入りできぬが、身の丈一寸の者なら出入りできる隙間を作っておいたのです。もし自分が誰かに殺されたなら、下手人はその隙間をすり抜けることのできる者、という言《こと》伝《づて》のつもりだったのでしょう」

堀川少将が、かすかに舌打ちをしたようです。

「堀川少将はこれには面食らいましたが、もし翌日、つっかえ棒の外された状態で冬吉が見つかれば、冬吉が起きあがり、つっかえ棒を外したこと、すなわち、よねが発見したときに冬吉がまだ生きていたことがわかってしまいます。それではせっかくの不在証明が水の泡です。それよりは、不在証明をそのままに、つっかえ棒をしたまま冬吉を亡き者にするという選択をしたのでしょう。もしかすると悪知恵が働くあまり、鬼の腹の中にいたという鉄壁の不在証明に酔っていたのかもしれませんな」

堀川少将の顔は赤くなっていました。

「つっかえ棒があったなら、人並みの大きさになった私は出入りできません」

「お前には、打ち出の小槌がある」

「ええ、ええ、江口殿のおっしゃりたいことはわかりますよ。私は冬吉を殺めた後、つっかえ棒をして自らの体を小さくし、外へ出て、再び人の姿に戻ったというのでしょう？　その覚えの悪いおつむのために申し上げますが、打ち出の小槌の術は自分自身にはかけられぬのですよ。それとも私に誰か、協力者がいたとでも？」

私は首を振りました。

「お前は一瞬のうちに、たった一人で冬吉をあの家の中で亡き者にする法を思いついたのだ。本当に呆れるくらい悪知恵の働く男だ」

そして私は、置いてあった荷物の包みを解き、右大臣殿の前に差し出したのです。

「ご覧ください。これが冬吉の家にあった茣蓙でございます。両方の端に、かなり長い紐が結びつけられておりましょう。一寸法師は、冬吉につっかえ棒を外させて家に入ります。その後冬吉に酒を与え、油断して飲んでいる隙を見て、一方の紐の端を窓から、もう一方の紐の端を戸口から外へ出しておいたのです。蠟燭一本しか明かりがない粗末な家のこと、冬吉は気づかなかったのでしょう。冬吉が酔ったところで、『当面の隠れ家を用意してくるから少し待っていてくれ、寝ていても起こすから構わん』とでも言って家を出ました。冬吉に内側からつっかえ棒をさせることも忘れません。死んだ冬吉の着物からは酒の臭いがしたといいますから、酔ってこぼすほど飲んだのでしょう。冬吉は一寸法師の目論見通り、莫蓙の上で寝てしまいます。それを確認した一寸法師は、裏の窓の格子の隙間から打ち出の小槌を握った手を入れ、冬吉に向かって『小さくなあれ』と唱えたのです」

「そうか！」

検非違使の浮橋が手を打ちます。

「冬吉がじゅうぶんに小さくなったところで表の戸口へ回り、先ほど出しておいた紐を手繰り寄せればよいのだ。莫蓙、着物とともに眠りこけた冬吉を外へ引っ張り出せる」

右大臣殿は気分が悪そうに、うーと唸ります。横で堀川少将は笑い出しました。

「そこで冬吉を元の大きさに戻して首を絞め、殺めたと申されるか。江口殿、台所での鮎と鯛のことを忘れたか。打ち出の小槌は死んだ生き物の大きさを変えることはできぬ。殺してしまっては、家の中へ戻すことはできまい。小さい姿のまま殺せば、中へ戻したあと、元の大きさに戻すことができまい」

これは昨日、黒三日月の推測を聞いたときに私自身が投げかけていた疑問でした。私はそれに対する黒三日月の答えを言うまでです。

「お前は冬吉を外へ引き出した後、直ちに殺したのではない。首がちょうど絞まるほどの大きさの輪に結んだ縄を、小さくなった冬吉の顎と喉のあいだに挟んだのだ。そうしておいてから莫蓙の上に置き、裏に回って窓の外に出しておいた紐を引いた。小さき冬吉を乗せた莫蓙が家の中に戻ったところで、再び打ち出の小槌を窓から差し入れ、今度は『大きくなあれ』と唱えたのだ」

「そんな……！」

　誰よりも早く叫んだのは、ずっと黙っていた春姫様でした。

「そのようなことをすれば、大きさの変わらぬ縄の輪の中で大きくなった首は、絞められてしまうではないですか」

　口に手を当てて青くなっている春姫様の顔を見て、私はうなずきました。よねは、冬吉の死体は首を縄で縛られていたと言っていましたが、実は首に縄を縛りつけたのではなく、輪になった縄に大きくなった首が自ら絞められたのです。

「冬吉の死体の右腕は袖に通っていなかったという。一度小さくされた体が元に戻されるとき、左腕はうまく通ったが、右腕は通らなかったのであろう。お前はそれに気づいたかどうか知らぬが、気づいたところで直せなかったであろう」

「侮辱です！　これは、侮辱です！」

　堀川少将は立ちあがり、右大臣殿の顔を見ながら必死で訴えました。しかし右大臣殿の疑いが濃いと見るや、今度は私の顔を睨みつけ、今にも噛みつかんばかりの顔で怒鳴ります。

「そのような馬鹿げたことが行われた証拠がどこにあるのだ！」

「浮橋殿、例のものを」

浮橋はうなずくと、かたわらの荷物にかけられていた布を取りました。竹籠《たけかご》の中に、大きなやもりがいて、こちらをじっと見ています。

「冬吉の家の土間にあった漬物甕にへばりついていたのですが、右大臣殿、かように大きなやもりをご覧になったことがありますか」

右大臣殿はびっしょりと汗をかいた顔で首を振り、ぽつりと言ったのです。

「このようなやもり、おるわけがない。……打ち出の小槌でも使わねば」

右大臣殿にも春姫様にもわかったようです。このやもりは、下手人が冬吉を元の大きさに戻して殺そうとしていたまさにそのとき、莫蓙の近くにいたのでしょう。

「殺しに打ち出の小槌が使われた、大きな証拠と言えましょう。さて、打ち出の小槌は、この世に二つとない宝物です。冬吉が九月七日の申三刻にまだ生きていたことは、よねの証言により明らかですが、このとき打ち出の小槌は鬼の手にあったわけです。その後春姫様が預かり、この屋敷で体が大きくなって以降はずっと堀川少将の手中にありました。よって下手人は……」

「黙れっ！」

堀川少将は叫ぶと、私に飛びかかってきました。私に馬乗りになり、首を絞めようとします。

「もう少しだったのに！　もう少しだったのに！」

そこにはもう、あの凜々しい顔はありませんでした。

「このような立派な屋敷に仕えてきたお前に、私のことがわかるものか。貧しい村で、小さい体のせいでいじめ抜かれた私のことなど！」

真っ赤に充血した目は狒々《ひひ》のごとく、剝《む》き出された歯は虎のようです。この男はやはり、妖異だったに違いありません。

「堀川少将、神妙にせよ！」

「うるさい！」

浮橋をも突き飛ばし、堀川少将は庭へと逃げていきます。

瞬間、ぱーんと音がして、庭から飛んできた白い塊が堀川少将の頭にぶつかりました。

「うっ……」

堀川少将は床に倒れ、大の字になりました。その上に浮橋が飛び乗り、手足を素早く縛っていきます。堀川少将は、床に頭をぶつけた衝撃か、白目を剝いていました。

終わった……。安堵と疲労の中で疑問に思いました。今の白い塊は何だったのでしょう。

にゃあ、と声がします。

見ると、腰を下ろしたまま震える春姫様を慰めるように、白い猫が一匹、その膝に頭をこすりつけていました。春姫様が大事にしている猫でした。

猫は春姫様の膝に乗り、私のほうを見ました。今まで気づかなかったのですが、その額には、黒い三日月の形をした模様があるのでした。

私はふと思い出したのです。上栗村を初めて訪れたとき、足にすり寄ってきた泥まみれの猫。黒三日月に、冬吉の事件を報せた、同志——。近江の国へ行ってきたのも、同じような仲間だったのでしょう。

「そうだったか」

私がつぶやくと、猫は嬉しそうにもう一度、にゃあ、と鳴きました。私は、主を妖異から救った誇り高き家来と、喜びを分かち合ったように感じたのでした。

# 花咲か死者伝言

一、

寒い寒い。とっても寒くてたまらないなあ。ねえ、お爺《じい》さん。お爺さんとおいらが出会った日も、寒かったよね。

おいらはあの日、死にそうなくらいに腹が減っていて、どんぐりでもいいから落ちてないかと探しながら、隣の村から上ってきた山を越え、細い道を下っていたんだ。おいら、他の犬と違って生まれつき鼻が悪くて、食いもんの匂いをかぎ分けられないんだ。木も草も枯れちまって、あたりは枯れ葉ばっかりだった。

ふと見ると、前方の茂みががさがさと動いていた。おいら、熊かと思って身構えたんだけど、茂みから顔を出したのは、人間の男だったんだ。ぼろきれを着て、顔は土と同じくらいの色で、髪の毛なんて何日も洗っていないらしくて泥まみれだった。

「腹が減ったよ、もう三日も食べてないんだ」

おいらはその男に言った。どんなに伝えようとしても、くぅーんとしか人間には聞こ

えないはずさ。ところが、

「三日くらいなんだ。俺はもう、五日も食いもんにありつけてねえ」

男はそう答えたんだ。

「あんた、おいらの言っていることがわかるのかい」

「どういうわけか昔から、獣の言葉がわかるんだ。しかし、俺に食いもんを求めたって無駄だ。ああ、俺だって生きてるうちにもう一度だけでいい、米を腹いっぱい食いたいもんだ」

男は麓《ふもと》のほうに目をやった。枯れ草の合間に、お椀を伏せたような形の丘と川が見えた。川にはずいぶんと頑丈《がんじょう》そうな木の橋がかかっていて、向こう岸に村があるのが見えたんだ。

「今日は何やらにぎやかだ。さっきお殿様も通っていったし、祭りでもやってるのかもな。食いもん、恵んでくれるかもしんねえぞ」

「あんたは行かないの」

「俺は、もう二度とあの川の向こうには行っちゃいけねえことになってるんだ。さあ、行った行った」

なんだか可哀想な気がしながらもおいらは山を下り、橋のほうへ向かっていったんだ。新しい木材の匂いのする、ずいぶんと立派な橋だった。お金持ちのいる村かも知れない、こりゃ期待できるぞと歩いていたら、たくさんの人の声が聞こえてきた。おんぼろの塀《へい》の、ずいぶん古そうなお寺があって、なるほど祭りでもやってるのかもしれないと、境内に入ったんだ。そこで、おいらは目を疑った。

桜の木が何本かあったんだけど、その一本が、真冬だってのに満開の花を咲かせていたんだもの。

それを見て、集まっている村の人が歓声を上げていたんだ。

「わっはっは、あっぱれあっぱれ」

大笑いしているのは、真っ白な馬に乗った、立派な身なりのお殿様さ。お付きのお侍さんも、女の人も、そればかりか、粗末な着物を着た村の人たちもみんな、喜んで手を叩いていたっけ。

「ふたたび、ごらんに入れましょう」

そう叫んで、隣の枯れ木にひょいひょい登ったのが、お爺さんだった。木の根元では一人のお婆《ばあ》さんが、心配そうにそれを見守っていたよ。おいら、何が始まるんだろうって、村の人に混じって見てたんだ。お爺さんは太い枝に立つと、脇に抱えたざるの中から灰をひと摑《つか》みして、枝に向かって撒《ま》いた。

「枯れ木に花を、咲かせましょーう」

ぱあっと、枯れ枝に桜の花が咲いた。見ている人たちは大喝采《だいかっさい》さ。おいらは腹が減ってるのも忘れ、夢中になっちまった。お爺さんはそのあとも枯れ枝に桜を咲かせて回った。咲かせたのは桜だけじゃない。お爺さんが手を入れた拍子にざるからこぼれた灰は、桜の木の根元の草にかかって、たんぽぽやすみれの花を咲かせたんだ。おいらの目の前に春が来た気がして、胸があったかくなったよ。

「もうよい、もうよい。風の冷たき日に、楽しいものを見せてもろうた。余は満足じゃ」

お殿様はそう言って、お爺さんをそばに呼びつけたっけね。

「爺よ、お前には褒美《ほうび》を取らす。城から金銀財宝を届けさせるゆえ、楽しみにしておるがよい」

ははーっ、と、お爺さんは頭を下げ、お殿様はあっぱれあっぱれと喜びながら、お付きの人と帰っていったね。村の人たちはそれを見送りながら、お爺さんを囲んでわあわあと喜んでいたっけ。髭《ひげ》を蓄えた怖そうな人なんか、「私の屋敷に来て、先祖ゆかりの山吹《やまぶき》の花を咲かせてくれぬか」なんて頼んでいた。

おいらはそこで、腹が減っていたことを思い出したんだ。でも、行くべきところは見つけていたよ。お殿様からもらったご褒美で、お爺さんは宴《うたげ》を開くんじゃないかと思ったから。おいらもごちそうを分けてもらえるかもしれない。おいらはお爺さんのあとをつけた。玄関のそばに、太い松の木の切り株がある家だった。それで、時間をつぶして、夜になってからもう一度、松の切り株のあるその家に行ってみたんだ。

おいらの思っていたのとは違って、家からは飲めや歌えの声はせず、しーんとしていた。おかしいなと思ったそのときだった。

「しろ。しろでねえか」

後ろから声をかけられたんだ。振り向いたら、そこに立っていたのはまさに、お爺さん。枯れ枝の束を小脇に抱えていた。

「帰ってきてくれたのか」

お爺さんは目を皿のようにしておいらを眺《なが》めた。何を言っているんだろうと思ったけど、ごちそうにありつけるせっかくの機会を逃したくはなかった。おいらはくぅーんと鳴きながら、お爺さんの足に頭をすりつけた。猫のやつらがよくやる手さ。お爺さんは戸を引き開け、中に声をかけた。

「婆さん、しろが帰ってきたぞ。お殿様に喜んでもらったうえ、しろまで帰ってくるとは、なんて嬉しい日なんだ」

「何を言っているんですか、そんなわけないでしょう」

中からのっそりと出てきたのは、小柄なお婆さん。たしか昼間、木に登るお爺さんのことを心配そうに見上げていたなあと、おいらは思い出した。お婆さんはおいらを見て、「おやまあ」と驚いたけれど、お爺さんよりは落ち着いていた。

「本当によく似ていること。だけどよく見てくださいお爺さん。しっぽの先まで真っ白じゃないですか。しろはしっぽの先だけ、黒くなっていたんですよ」

「なに。言われてみればそうじゃな」

お爺さんは残念そうな顔をしたけれど、おいらの顔を見てまた微笑んだんだ。

「腹が減っているんだろう。中へ入れて、飯を食わせてやろう」

「本当にお爺さんは、優しいですねえ」

二人はおいらを家の中へ入れてくれた。

「おや、婆さん、また草履《ぞうり》を脱ぎっぱなしで。こうして外向きにそろえておけば、次に外に出るとき、楽に履けるだろうに」

お爺さんは土間の隅に今取ってきた薪《たきぎ》を置くと、板の間に向いていたお婆さんの草履を摑んでつま先を戸のほうに向けてそろえた。

「まあ、お爺さんったら、几帳面《きちょうめん》なこと」

「みんなやってることだで」

お婆さんの草履までそろえてあげるなんて、本当に優しいんだなあって思ったよ。お爺さんは板の間に上がると、お婆さんのより一回り大きい自分の草履も同じようにそろえて、囲炉裏《いろり》に行った。おいらみたいな汚い獣が板の間に上がるのを人間は嫌がると知っていたから、おいらは土間の隅にうずくまっていた。そうしたら、

「おや、そんなところじゃ、寒いだろうて」

お爺さんは土間に戻ってきて、おいらを抱きあげて、囲炉裏のそばに運んでくれたよね。そのあとで、お婆さんはおいらの目の前に、ぶっかけ飯を盛ったお椀を置いてくれた。おいら、それを夢中で食ったっけ。

「美味《うま》いか。裏の畑で取れた野菜を、婆さんが料理したもんじゃ。とはいっても、婆さんは野菜のことなんかろくに知らず、なんでも細かく切って麦飯と一緒くたにして煮ちまうんだがな」

「それを毎日、美味《おい》しいと食べるのは、お爺さんじゃありませんか」

「そうだな、うちの畑で取れたもんなら、みんなうまい」

二人は笑った。仲のいい夫婦なんだ。おいらは腹も満たされ、本当に身も心も、あったかくなっていたんだよ。

「おい、茂吉《もきち》」

戸を開けて、目つきの悪いやせた爺さんが怒鳴り込んできたのはそのときさ。

「こりゃ、太作《たさく》でねえか」

「今日のあれは、なんだ」

「何のことを言っとる。寒いからとにかく、入って、戸を閉めてくれ」

「ふん。褒美はどこじゃ。いつもいつもうまくやりおって」

おいら、この太作という名の爺さんが言うまで気づかなかったんだが、たしかにこのときお殿様からのご褒美は、家の中になかったよね。

「のちのち届くということだ。安心しろ、太作。わしはあれをまた、村に寄付するつもりじゃ。今度は不作に備えて、米を蓄えておく蔵をこさえてもらおうと思う。なあ、婆さん」

お婆さんは太作爺さんに怯《おび》えながらも、お爺さんの言葉にええ、とうなずいた。太作爺さんは面白くなさそうだった。

「このお人よしが。まあ、そんなことはいい。とっとと灰を返せ」

「持っていっていいと言ったでねえか」

「あの灰はもともと、おらとこのかまどで焼いた灰じゃ。返してもらう。どこじゃ」

太作爺さんは草鞋《わらじ》も脱がずに板の間に上がってきて、お爺さんに凄《すご》んだんだ。おいら、立ち向かおうとしたけれど、その前にお爺さんは立ちあがって、土間の隅にかぶせてあった布を取った。そこには、昼間見た、灰の入ったざるがあった。

「ほれ」

「こんなに使っちまって、もったいねえ」

太作爺さんは、お爺さんの差し出したざるをひったくると、憎まれ口をたたいて外へ出ていった。そして振り向きざまにおいらを睨《にら》みつけ、薄笑いを浮かべたんだ。

「またこんな薄ぎたねえ犬を飼おうってのか。物好きな爺《じじ》いだ」

ぴしゃりと、戸は閉められた。

「ほんに、身勝手な人ですねえ」

ずっと怯えて座っていたお婆さんが、文句を言った。

「まあまあ、あんな爺さんでも、いいことを言うでねえか」

「何ですか、いいことって」

お爺さんは目尻にしわを寄せて、おいらのことを優しく見つめたんだ。

「この犬を飼おうっていうことさ。おいお前、うちの犬になるか」

おいらは元気よく、わん、と吠えた。そのあとお爺さんとお婆さんは二人で、おいらをお湯で丁寧に拭《ふ》いてくれた。おいらの体は本来の真っ白な姿になった。

その晩、お爺さんはおいらを一緒に布団に入れてくれた。そして、前に飼っていたしろという犬の話をしてくれた。その話にはさっきの、太作という爺さんのひどい話もあったよね。

そうそう、しろに次ぐ二匹目ってことで、次郎《じろ》って名づけられたのも、この夜のことだったっけ――。

## 二、

お爺さんの死体を見つけたのも、おいらだったね。

おいらが、お爺さんとお婆さんの家で飼われるようになってから、わずか四日後の朝のことだった。目が覚めたらお爺さんはいなくて、お婆さんは隣の布団ですやすや寝ていた。土間には、つま先がこっちを向いたお婆さんの草履しかなくって、戸が少し開いていた。お爺さん、外にいるんだろうか。でも、なんでこんな朝早くに……って、おいらは嫌な予感がして、戸の隙間に鼻先を突っ込んでこじ開けて、外に出てみたんだ。

朝日がまぶしくて、吐く息は白かった。どこかでにわとりの声が聞こえて、朝の早い雀《すずめ》が五、六羽、飛んでいくのが見えたっけ。おいら、こんなときほど、自分が他の犬ほど鼻が利かないのを恨んだことはないや。お爺さんの匂いを辿《たど》るなんてこと、おいらにはできなかった。でも、景色がいつもと違うことはすぐにわかったんだ。

川の向こうの、お椀を伏せたみたいな形の丘。一緒に散歩をしている途中、お爺さんはあの丘のことを「大昔の偉い人の墓のあとなんだぞ。てっぺんにはその墓に使われていた石がごろごろしておる」っておいらに教えてくれた。その丘の斜面の一部分が、前の日までと違って、黄色や紫とやけに色づいているんだ。花が咲いてるんじゃないかと思って、ぴんときたってわけさ。おいらはすぐに、橋へ急いだ。

丘の斜面には、てっぺん近くから麓まで帯でも干しているように、細長く花が咲き乱れていた。たんぽぽにすみれ、それに名前も知らないような花もいっぱい。その花の帯のちょうど麓の位置に、お爺さんはうつぶせに倒れていた。わん、とおいらはひと鳴きした。お爺さんの周りで何かをついばんでいた雀たちが一斉に飛び立ったけれど、お爺さんは、少しも動かなかったんだ。

起きてよ、起きてよ。

おいらは悲しくなってお爺さんの肩に前足を置いて揺すぶったけど、無駄だということはすぐにわかった。お爺さんの頭の後ろに、大きな傷がついているのに気づいたから。お爺さんの体のそばに、ごつごつした石が落ちていて、真っ赤な血がついていた。誰かに殴り殺されたんだ。おいらは湧きあがる怒りと悲しみを抑えることができず、わぉーんと遠吠えをした。そのとき、橋の向こうに誰かの姿が見えた。

ひげ面で怖そうな顔をしていて、お殿様の前で花を咲かせたお爺さんに「山吹の花を咲かせてくれぬか」と頼んでいた人――村役人の虎田太《こでんた》さんだった。わんわんと吠え立てたら、虎田太さんは何かがおかしいと思ったのか、すぐに走ってきてくれたよ。

「茂吉爺さんでねえか。次郎、どういうことだ」

おいら、事情を説明しようとしたけれど、わんわんとしか言えなかった。それでも虎田太さんは、血のついた石を見て、事情を察してくれたんだ。

「お前が、爺さんの死体を見つけたのか。しかしいったい、誰が……」

虎田太さんのつぶやきを聞きながら、おいらは目を閉じた。お爺さんと一緒の布団で眠った初めての夜、お爺さんが話してくれたことを、思い出していたんだ。


「次郎や。私と婆さんはついこのあいだまで、しろという名の、お前にそっくりの犬と一緒に住んでいたんじゃ。五年も前になるかの。ある日野良仕事に出かけようと戸を開けたら、真っ白い小さな犬がうずくまっておった。お前と同じくお腹を空かせておるようでな。余った飯をやったらがつがつと食べて、すっかり元気になった。わしの野良仕事についてきて、まるで手伝いでもするようにちっちゃい足で土を掘っておったっけ。その姿があんまり可愛いもんで、飼うことにしたんじゃ。それからは、仕事に行くのも飯を食うのも寝るのも一緒じゃ。しろは犬のくせに餅《もち》が好きでな、正月には一緒に餅を食べたもんじゃ。

あれは三日前じゃったな。すっかり大きくなったしろは、ねずみを追っ払ってくれたり、洗濯物や弁当を運んでくれたりと、わしや婆さんの役に立つ家族になっておったんじゃ。そんなしろが、いつものとおり裏の畑で働いているわしのそばで土を掘っていたら、突然わんわんと吠え出して土手に登り、ぐるぐると回り出したんじゃ。まるで『ここ掘れ、ここ掘れ』と言われているような気がしてな、わしは鍬《くわ》で掘ったんじゃ。するとどうじゃ、両手に抱えてやっと持てるほどの木の箱が出てきて、蓋を開けたら、まばゆいばかりの金銀財宝がざくざくと入っておった。

それを持ち帰ると、婆さんはたいそう驚いてな。わしと婆さんとしろとで村役人の虎田太さんのところへ相談に行ったんじゃ。虎田太さんはお武家の出で、髭もじゃの顔は怖くて名前も変じゃが、人柄はいいんじゃ。爺さんの犬が見つけたのだから好きにすればよい、と言ってくれた。だがわしらは、あんなたいそうな財宝はいらん。ちょっと飯を買えるだけをもらい、あとは村に寄付することにしたんじゃ。

しろが金銀を見つけたっちゅう噂は村を駆け巡っての。その日の夜、あの意地悪な太作が乗り込んできおった。この犬は、もともとおいらの家の前にうずくまっておったのを追い払ったらお前の家に行ったんだ。だからおいらの犬も同然だ、とわけのわからぬことを言って、しろを連れて帰ってしもうた。しろはきゃんきゃんと鳴いてな……かわいそうなことをしたもんじゃ。というのも、それが、わしと婆さんがしろを見た最後になってしもうたからじゃ……。

太作爺さんの近所に住む男から聞いた話だが、太作爺さんはそのまましろを畑に連れていくと、無理やり引きずり回し、どこにお宝があるんじゃ、教えろ、と怒鳴り散らしたんだそうじゃ。しろはもがきながらも土を掻《か》きはじめた。太作爺さんが鍬でそこを掘ると、宝どころか、真っ黒な石がごろごろと出てきたそうじゃ。太作爺さんは真っ赤になって怒り、鍬を振り上げてしろに打ち下ろした。かわいそうなしろは……そのまま……死んでしまったんじゃ。

次の日の朝、冷たくなって帰ってきたしろを抱いて、わしと婆さんは泣きに泣いた。今でも思い出すと涙が出てくる。ほんとうにかわいそうなことをしたと、悔やんでも悔やみきれん。わしと婆さんは、いつまでも一緒にいられるようにと、しろを家の近くに埋めて、墓石の代わりに松の若木を一本植えたんじゃ。

驚いたのはその次の日のことじゃ。戸口の脇に大きな松が生えておった。まさか一晩で、あの松の若木が大きゅうなったわけではあるまいとびっくりしていたら、婆さんが言うんじゃ。これは、しろの力に違いありません、あの犬は不思議な犬でしたからねえ、と。どうでしょう、この松の木で臼《うす》を作り、しろの好きだった餅をついてお供えしようじゃありませんか。婆さんがそう提案し、そりゃいいと思ったわしは早速、松の木を切って臼を作り、餅をついたんじゃ。

するとどうじゃ。わしがぺったんと杵《きね》で餅米をついたとたん、ちゃりんと音がして、臼から何かが飛び出てくるんじゃ。拾いあげてみると、鈍く光る黄金《こがね》じゃった。そのあともぺったん、ぺったんと餅をつくたびに、ちゃりん、ちゃりんと黄金が出てくるんじゃ。たまたま通りかかった虎田太さんも目を丸くしての。これは、しろが恩返しをしておるのだろう、黄金を使ってしろをしっかり供養してやるんじゃぞと言うので、それはそうだと思い、和尚さんを呼んでしっかりお経をあげてもらったんじゃ。出てきた黄金はみんな、和尚さんに差し上げた。わしらは金なんかいらん。それよりも、あのおんぼろの寺を建て直したり、寺に預けられたお七《しち》という可哀想な娘のために使ってくれたりしたほうがええ。

この、しろの臼から黄金が出たという噂はまた、たちまち村に広まったと見えてな、すぐに太作爺さんが乗り込んできおったんじゃ。しろはもともと、わしの家の前にうずくまっとった犬で、そのしろが大きくした松もうちのもんだ。勝手に臼なんかにしおって、その臼を貸せ、とな。しろの形見の臼じゃからわしらは断ったんじゃが、ちょっと借りるだけじゃ、明日になったら返すと、太作爺さんは強引に臼を持っていってしまった。

次の日……つまり、今日のことじゃが、わしは臼を返してもらおうと太作爺さんの家に行った。すると、太作爺さんはむすっとした顔で布団の上に胡坐《あぐら》をかいておった。わしの姿を見るなり、真っ赤に腫《は》れた鼻を指さし、どうしてくれるんじゃ、痛くて眠れんかったわいと喚《わめ》きちらしおった。聞けば、臼を持ち帰った太作爺さんは、さっそく餅米を蒸して臼でつきはじめたが、出てきたのは黄金どころか、へびやカエル、蜘蛛《くも》にげじげじ、すずめばち。鼻はそのすずめばちに刺されたんだそうな。

気の毒じゃが、そんなことより臼を返してくれんかと頼むわしに、太作爺さんはとんでもないことを言い放った。あんなもんは燃やしてしもうたわい、と。太作爺さんは斧を持ち出し、臼を真っ二つにし、かまどにくべて燃やしてしまったというんじゃ。わしは悲しんだが、せめて臼を燃やした灰だけでもと、一度家に戻って婆さんに事情を話し、二人でざるを抱えて太作爺さんの家へ行ったんじゃ。そしてかまどの中から灰をかき集め、なんともやりきれん思いで、帰り道を歩いておった。

それで、お寺の前まで来たところかの、びゅう、と風が吹いてざるから灰が舞ってしもうた。こりゃいかんと思って灰の飛んでいく先を見たら、信じられないことに、境内の枯れ枝に桜の花が咲いとった。たまたま遊んでおった子どもらが、爺さんすごい、もっとやってと喜んだんで、木に登って、また灰を撒いて桜を咲かせていった。いつしか見物人も集まっての。わしは、しろがみんなを喜ばせているんだと嬉しゅうなって、なおも桜を咲かせた。そうしているうちに、何やらこの寺はにぎやかではないかと、お殿様や、大勢のお侍さんや女の人がやってきて――」

――ここから先は、おいらも見てきたことだ。お爺さんはお殿様から褒美をやると言われ、またそれを妬《ねた》んだ太作爺さんが乗り込んできて、灰を奪っていったんだ。

こういう話を聞かされていたから、お爺さんを殺したのは太作爺さんだろうと、おいらはすぐに思った。きっと太作爺さんは灰を撒いて桜を咲かせるのに失敗したんだ。それで朝早くお爺さんを起こして丘の上に連れ出し、なじったうえに殺しちまった。そうに違いない。

おいらは居ても立っても居られず、丘を駆け下りた。

「次郎！」

虎田太さんの声が後ろで聞こえたけれど、おいらは足を止めなかった。

太作爺さんの家の前は、お爺さんとの散歩の途中で通ったことがあるから知っていた。がりがりと戸を引っかいても、中から爺さんが出てくる様子はない。鼻先を戸の隙間に突っ込んだら、難なく戸は開いたよ。でも誰もいなかった。おいらは太作爺さんを呼ぶつもりで、わん、とひと吠えしたんだ。部屋の隅の行李《こうり》の近くでがさっと音がした。ねずみが一匹、行李の陰からおいらのことを見ていた。

「しけた顔の犬だな。なんか用かよ」

ずいぶんと口の悪いねずみだった。あいつら、住みついている家の家主に、性格が似るっていうからな。

「太作爺さんはどこだ」

「何日か前から帰ってきてねえよ。お城に行くとか言ってたぜ」

「お城」

「ああ。ある夜、太作爺さんはずいぶん上機嫌で、灰の入ったざるを抱えて帰ってきた。『これでわしも金持ちになれる。この家を建て替えて、美しい嫁をもらうことができるわい』って。家を建て替えてくれるのはありがたいが、いくら金を持ってても、嫁はもう無理だろと、俺はおかしくてしかたなかった」

きひひと、ねずみのやつは気色悪い笑い声を立てた。

「で、次の日の朝、いちばんいい着物を着ると、爺さんは早々にお城に向かったんだ。それっきり、帰ってこねえ」

三、

とにかく、太作爺さんがいないんじゃ話にならないんで、おいらは爺さんを見つけた丘に戻った。そこにはすでに異変を感じ取った村の男たちが五人ほど集まっていて、誰が呼んだのか、お婆さんもいた。

「爺さんは、この石で殺されたと見て間違いなかろう」

ごつごつした石を見下ろして、虎田太さんは言うと、膝を抱えてうずくまっているお婆さんのもとへ行き、持っていた黒い袋と白い袋を見せたんだ。

「爺さんの腰には、この二つの袋が結わえつけてあったが、共に紐が切れてしまっておる。黒い袋には、少し灰が残されているが、婆さん、これは茂吉爺さんが桜の花を咲かせるのに使った、あの不思議な灰か」

「そうです」お婆さんは顔を上げ、真っ赤に泣きはらした目を袋に向けて答えた。

「あの日の晩、太作爺さんに持っていかれてしまったのですが、お爺さんは念のためにとひと摑みだけ、この袋に入れておいたのです」

おいらは初めて知った。たぶん、おいらがお爺さんの家に行く前に分けておいたもんだろう。

「こっちの白い袋は」

「知りません」

お婆さんは首を振った。白い袋には、何も入っていなかった。

「下手人はこの袋の中身が欲しかったのかもしれんな。おそらく、茂吉爺さんは下手人とこの丘で朝早く落ち合う約束をしていたのだ。そして、茂吉爺さんのほうが先に、丘を下りることになったのだろう。下手人は茂吉爺さんが背を向けるや、少し高い位置からこの石を頭めがけて振り下ろしたのだ。茂吉爺さんはそのまま倒れてこの丘を転げ落ちたが、そのときに腰の袋が切れ、黒い袋から出た灰が撒かれたのだ。それで、丘の斜面には、爺さんが転げ落ちた道なりに花が咲いておるのだろう」

なるほど。おいらは虎田太さんの聡明な推理に感心していた。

「下手人は、男だべか」

村の男の一人が訊いた。

「いや、これだけの石を高いところから両手で振り下ろせば、女の力でも殺せるだろう」

「いったい、誰だ」「茂吉爺さんを殺すなんて」「人間じゃねえや」

村の男たちは口々に言った。お爺さんが、いかにみんなに好かれていたかがわかるってもんだ。

「ちっと、いいべか」

男たちの中から手が上がった。お爺さんの家の近所に住んでいる、喜十《きじゅう》という男だ。早くにおっとうを亡くし、おっかあもつい最近亡くしちまって、今はおっかあの遺したにわとり三羽を家族のように大事にしながら、毎日畑仕事に精を出している健気《けなげ》な若者だ、とお爺さんは言っていたっけね。

「どうした、喜十」

「太作爺さんはどうだべ。あの爺さん、茂吉爺さんのしろを殺しちまったし、臼も燃やしちまった。まるで茂吉爺さんに恨みでもあるかのような仕打ちをしておった」

「そうじゃ。あいつはとんでもねえ爺《じじ》いだ」「今から行って、太作をとっちめるべ」

やっぱり村の人たちも、おいらと同じく太作爺さんがやったものだと思ったんだ。ところが、その村人たちを、「待て待て」と虎田太さんが止めた。

「太作には無理だったはずじゃ。というのも、太作はお城で捕らえられたと、三日前に私のところに使いが来たんだ」

村の男たちはきょとんとする。座り込んだままのお婆さんも、不思議そうな顔をしていた。

「さっき婆さんが言った通り、太作は茂吉爺さんから灰を取り上げた。そして三日前、同じようにご褒美をせしめようと、城に行ったそうだ。ところが、太作の撒いた灰は花を咲かせるどころか、一緒に見物していた五歳になる若様の目に入ってしまった。若様は、痛い痛いと走り回って柱に頭をぶつけてたんこぶをこさえ、お怒りになったお殿様は、太作を捕らえるように命じたそうだ。太作がどうなるかは、追って知らせるとな」

そういうことだったんだ。それにしても……。

「ほんに、とんでもねえ爺さんだな」

喜十がおいらの気持ちを代弁してくれた。

「たしかに太作は迷惑な爺いではある。しかし三日前から城に捕らわれていた以上、下手人ということはありえない」

虎田太さんは、殺気立つ一同を落ち着かせるように言った。みんなは再び、黙りこくったが、

「あのな……」

また、喜十が声を上げた。

「おら、さっきから気になってるんだが、茂吉爺さんが握っておるその花は、ぺんぺん草だと思うが」

おいらはお爺さんの死体の右側に回り込んだ。お爺さんは右手に、小さな白い花がいっぱい咲いた茎の真ん中あたりを握りしめていた。

「違《ちげ》えねえ。ぺんぺん草だ」

男の中の一人が言った。

「本当は春に咲くもんだろうが、爺さんが持っていた灰が倒れた拍子にここらにぶち撒かれて、それで咲いちまったんだろう」

「ああ。それはいいんだが……、なんでぺんぺん草なんだ。たんぽぽ、すみれ、あざみにりんどう、どくだみまで咲いてる中から、茂吉爺さんはどうしてわざわざ、ぺんぺん草を摑んだんだ」

喜十はみんなの顔を見回した。

「爺さんは死にゆくときに、目の前にあったこの花を摑むことで、誰が自分を殺したかを知らせようとしたんでねえのか」

「馬鹿言うな。ただ手近にあった花を摑んだだけだろう。殺した相手を知らせるために花を摑むなんて、聞いたことはねえ」

「いいや、聞いてくれ」

喜十は、他の男連中に向かって訴えた。

「おいら、死んだおっかあに教えてもらったことがある。ぺんぺん草ってのは、葉っぱの形が三味線のばちに似てるところから名づけられたそうじゃねえか。ぺんぺん、ぺんぺんって弾く、三味線のばちに」

そこにいた男連中はみんな「えっ……」とざわめいた。おいらにもわかった。

「この村で三味線といったら、決まっている」

「沢蟹奴《さわがにやっこ》のお師匠か」

みんなは顔を見合せてうなずいた。

「ついてまいれ」

虎田太さんの合図とともに、一斉に村に向かう。

そうか、あの人がお爺さんを。おいらもそのときは、そう思っていたんだ。

四、

沢蟹奴のお師匠という人のことは、お爺さんが散歩中に教えてくれたね。

もとは、この村から十里ばかり行ったところにある宿場町の遊女だったんだけど、女同士の争いに巻き込まれて町を追い出され、流れ流れてこの村に落ち着いたっていう人さ。今では村の人に三味線を教える代わりに、いくらばかりかのお金や食べ物をもらって、日々つましく暮らしてるってことだった。

竹垣に囲まれた小屋に住んでいるってことだったけど、お爺さんの生きているうちは、おいらはその人を見たことはなかったんだ。

「朝っぱらから大の男たちが大勢でおしかけて、一体何の用でありんしょう」

初めて会ったその人は、四十くらいだろうかと思えた。古いけれど高価そうな着物から白い肩を覗《のぞ》かせて、押しかけた村の人たちに流し目なんかしちゃって、犬のおいらから見てもずいぶんとなまめかしい人だった。

「今朝がた、茂吉爺さんが、川向こうにある丘の麓で死んでいるのが見つかった」

虎田太さんが代表して、お師匠にお爺さんの事件のことと、ぺんぺん草のことを話したんだ。

「おやまあ、それであちきが下手人だと。こりゃあ、穏やかならぬ話じゃござんせんか」

お師匠は、疑われているにもかかわらず落ち着いた声で言うと、つやっぽい仕草で壁に立てかけてあった三味線を手に取って、ぺんぺんと弾きはじめたんだ。

「そ〜な〜た、こい〜し〜き、ふゆ〜の、よ〜る」

「お師匠、あんたが夜まで三味線を弾いて迷惑しているのを、茂吉爺さんがとがめたことがあったらしいな」

「あれ〜に、みゆ〜るは、あの〜ひの、ほ〜し〜か」

「喜十や、その他の村人たちも皆、言ってるぞ」

「たとえ春がめぐりきて〜 梅に桜に山吹や〜、野山に花が咲いたとて〜」

ぺぺん、ぺん、ぺん、ぺぺぺん、と三味線の音は速くなっていき、聴いているおいらの気持ちも盛りあがっていく。猫のやつの声はきらいだけど、猫の皮を張ったっていう三味線の音は、おいら、好きだなあ。

「そ〜な〜た、なし〜では、わがこ〜こ〜ろ〜」

「お師匠、あんたが茂吉爺さんを殺したんじゃないのか」

「よの〜ことごとま〜で、はなさか〜ず」

「答えろ」

ぺぺん、ぺん、ぺん！　お師匠はひときわ大きく三味線を弾き鳴らすと、虎田太さんの顔を正面から見つめた。

「茂吉爺さんがあちきの三味線をとがめたのは、もう三年も前のこと。今さら恨みなぞ、ありゃしません」

お師匠はばちを床に置くと、手近にあった台の上から竹筒を取り出し、虎田太さんの前に放り投げたんだ。倒れた竹筒の口からは、白い粉がこぼれ出た。

「なんだい、これは」

「その昔、宿場で知り合った男が送ってよこした〝附子《ぶす》〟という猛毒でありんす」

「猛毒だと」

「さよう。夫婦《めおと》になれぬ運命《さだめ》なら、せめて共に三途の川を渡ろうと。しかし、男は契りを果たす前にお縄にかかり、これが今生の別れとなりやんした」

ぺぺん、ぺん、ぺん。いつの間にかばちを拾いあげていたお師匠はまた、三味線を弾いたんだよ。

「残されたあちきは今でもこの家の戸口の周りに、附子のもととなるとりかぶとを植え、青く儚《はかな》き花の咲く頃には、馬鹿な男のことを偲《しの》んでいるのでありんす。その葉は、よもぎにちょいと似てやんしょう。たとえ乙女の花は摘んでも、とりかぶとの花だけは、ゆめゆめつ〜まぬよ〜う〜」

ぺぺん、ぺん、ぺん。

「ちょいと横道にそれたようでありんす。茂吉爺さんは、頭を石で殴られたのでありんしたな」

ぺぺぺん、ぺんぺん。

「考えてもおくんなまし。頭を石で殴るなんて、しくじったら爺さんに逃げられて、助けを呼ばれて、すぐお縄でありんしょう。あちきならそんな殺し方はしないでありんす。附子を飲ませりゃ、世の男などいちころだというのに」

お師匠の妖しい答弁に、おいらも含め、みんな聴き入っていた。それを察したかのように、お師匠はさらに、ぺぺん、と三味線を弾いた。

「あちきより怪しき者が、この村には、いるじゃありんせんか」

「誰のことを言っているんだ」

「あちきのいた宿場のお座敷では、なぞなぞ遊びが流行《はや》ってやんした。あちきはこう見えても、なぞなぞでは右に出る者はないと言われた女だったんでありんす」

お師匠はばちを置き、附子の入った竹筒の真ん中を持って、みんなに見せつけた。

「茂吉爺さんはこのように、ぺんぺん草の茎の中ほどを握って事切れていたのではありんせんか」

「そ、そうだが……」

「これは、中の字をつぶすという意味でありんしょう。ぺんぺん草には、〝なずな〟という呼び名のあることを、よもや知らぬわけではござんせんな。〝なずな〟の中の字をつぶして〝なな〟。〝なな〟はこれすなわち、数の〝七《しち》〟でありんす」

「はっ」

その場の男たちがみんな、一斉に声を上げた。

「白蛇《しろへび》お七かっ」

五、

沢蟹奴のお師匠の小屋を出たおいらたちは、お寺へと走った。お爺さんが咲かせた桜はもう、半分くらい散っていたよ。

出てきた和尚さんは、お爺さんが殺されたことを聞いてたいそう驚いていたし、悲しんでいたんだけど、

「白蛇お七に会わせてほしい」

虎田太さんが申し出ると、「いや、それは……」と言葉を濁《にご》したんだ。

虎田太さんは和尚さんに、沢蟹奴のお師匠が言っていた、〝なずな〟のことを話した。ついてきた村の人も会わせろ会わせろと叫び、おいらも一緒になって吠え立てたら、ようやく和尚さんは折れた。おいらたちは観音様のいる大きな部屋に通された。お爺さんの可愛がってた犬ってことで、おいらも特別に入れてもらえたってわけさ。

和尚さんはおいらたちを待たせて一度出ていくと、しばらくして髪の長い、やせた女の人を連れて戻ってきたのさ。喜十の話じゃ、十九歳だということだそうだね。死んだ

人みたいに白い着物を着て、伏し目がちで、頬はげっそりこけていた。

和尚さんに言われると、女の人は正座をして目をつむった。

「お、お七よ」

虎田太さんの声は上ずっていた。お七というその女の人の周りに立ち込める、なんとも淀んだ陰気さに、のまれてしまったみたいだ。

「今朝、茂吉爺さんが、川の向こうの丘の麓で死んでおるのが見つかった。誰かに殺されたようだ」

虎田太さんはお七に、〝なずな〟の推理を語って聞かせた。そのあいだ、お七はまったく動かなかった。

「寺にお前を預けるように、お前のおっとうを説得したのは茂吉爺さんだったな。お前はそれを、根に持っているのではないか」

すると、目を閉じたまま、お七は足を崩した……ように見えたけど、そうじゃなかったんだ。そろった両足はそのまま、ぐるりとお七の背中のほうに回った。腰より上はそれとは逆のほうに曲がり、骨なんかないかのようにぐにゃりと、お七の体は丸くなった。まさに、白蛇がとぐろを巻いたみたいだったよ。

「私はやはり、とりつかれているようです」

お七は初めて口を開いたかと思うと、目を開けた。

「ですから今こうして、お寺で修行に励み、呪いを解こうとしているのです。初めはたしかに、お寺に入れるよう父に進言した茂吉爺さんのことを恨み、呪い申し上げました」

人間の目とは明らかに違っていた。黒目の部分が黄色くて、異様に細いんだ。

「しかし今は、お寺に入れてくださったことを感謝しています。その茂吉爺さんを、私が殺《あや》めたとおっしゃいますか」

あまりに気味の悪い姿と声に、虎田太さんや村の男たちは固まってしまった。

「お答えください、虎田太さま」

「あ……え……」

「なんとか言わぬかっ」

お七は急に叫ぶと、畳にどたりと伏せたんだ。そして顔だけを上げ、手足ではなく体全体でじゃりじゃりと畳の上を這《は》って、虎田太さんの前に迫り、腰から上を立てて、しゃあっ、と牙《きば》の生えた口を開いた。

「ひっ」

のけぞる虎田太さんに、お七は覆いかぶさろうとしている。わん。おいらは吠えつつ、気味の悪いお七に体当たりしたんだ。

しゃあっ！　お七は口を開けると、黄色い目を輝かせながらおいらに向かってきた。

こうなりゃおいらもやるだけだ。人間相手なら怯《ひる》むけど、蛇が相手なら手加減することはねえ、来るがいい……と、身構えたその刹那《せつな》。ぎゃしゃああ、と、この世のものとは思えない叫び声を上げ、お七は仰向けになった。口から泡を吹き、のたうち回るんだ。のんのんのんのん……。

部屋の隅で見守っていた和尚さんが、両手をすり合わせてお経を唱《とな》えていた。和尚さんは手を合わせたまま、虎田太さんのほうを見た。

「虎田太さん、わかったろう。この娘は前世の因果で白蛇にとりつかれておる。頭に血がのぼるとこうなってしまうのじゃ」

それでも、お経がやむとおいらに向かってくるお七。和尚さんが再びのんのんのんとお経を唱えはじめ、お七は倒れる。

「人を殺めようと高ぶっておるときに、両手を使うことなどできぬ。石で頭を打つことなどできぬのじゃ。わかったら早《はよ》う帰りなされ」

男たちはわらわらと、逃げるように部屋から出ていく。どたどたと苦しそうに体をくねらせるお七を残して、おいらもみんなを追いかけたんだ。

六、

昼も過ぎ、戸を閉め切っている家の中は暗かった。火の消えた囲炉裏の前でおいらは寝そべって、お爺さんのことを考えていたんだ。おいらから見て右側には、お婆さんがうつろな目つきで座っていた。その向かいには虎田太さんがいて、同じように黙りこくっていた。村の男たちが運んでくれたお爺さんの遺体は、お婆さんの後ろに敷かれた筵《むしろ》に寝かされていたよ。

村の男たちには、それぞれの家に帰るように虎田太さんが言ったんだ。お爺さんを殺した下手人は憎いが、下手人を探して村人を疑うのは、もっとよくない結果を招くという理由だった。それはおいらもわかるけれど、お爺さんを殺したやつをこれ以上探せないのは悔しかった。

お婆さんを一人にしておくのは忍びないって虎田太さんはこの家に来たんだけど、何も声をかけることなく、じっと囲炉裏を見ているだけだった。何も話さないなら帰ればいいのに……と思っていたら、虎田太さんは口を開いたんだ。

「そもそも茂吉爺さんは、なんであんな朝早くに丘に行ったんだろうか」

「わかりません。……私は、虎田太さんに起こされるまでぐっすり眠っていましたから。

いつ出ていったのかも」

消え入りそうな声でお婆さんは答えた。

「ふむ。実は婆さん、私はもう一人、下手人かもしれない者がいたことに思い当たったのだ。いや、村人たちが皆、見ようとはしなかったのだろう」

「見ようとはしなかった……」

お婆さんは、はっとしたように顔を上げた。

「まさか……、伝助《でんすけ》さん」

虎田太さんはこくりとうなずいた。

「茂吉爺さんは、あいつに会いに行ったのではないか」

お爺さんは教えてくれなかったけれど、その後の二人の話を聞いているうち、伝助っていうのが誰のことなのか、わかったんだ。おいらがこの村に初めてやってきた日、山の中で出会った、おいらの言葉がわかる男のことだね。

この村ではかつて、流行《は や》り病《やまい》でばたばた人が死んだときがあって、和尚さんが知り合いの拝み屋を頼って聞いたら、山の神様が人間の男を一人捧げよと告げている、と言った。村人たちみんなでくじを引くことにして、当たっちゃったのが伝助さんなんだね。命まで取られることはなかったけれど、あの人は山から出ることを許されず、村の人も二度と、神様への捧げものとなったあの人と話をしてはいけないっていう掟《おきて》ができたそうじゃないか。それ以来、病はぴったり治まったっていうから効き目はあったんだろうけど、人間っていうのはときたま、ものすごく残酷なことをするもんだね。

「伝助さんが、お爺さんを殺したというのですか」

お婆さんの声は震えていた。

「しかし、もしそうなら話はややこしくなる。あやつとは話をしてはいけぬし、村に連れてくるのも禁じられているゆえ」

虎田太さんは神妙な顔で腕を組んだ。そのときだった。

「頼もう」

外から、やけにしゃっちょこばった声が聞こえた。お婆さんが戸を開けると、お侍さんが立っていた。

「すっかり遅くなった。お城からの褒美である」

お爺さんを喜ばせたお殿様からのご褒美が、やっと届いたんだ。お婆さんは悲し気な顔で事情を話した。使いのお侍さんは、「なんと」と驚いていたけど、

「ではなおのこと、この褒美は受け取ってもらわねばならぬ。爺のことを盛大に弔《とむら》ってやらねば」

そう言って、次々と家の中に宝物を運んだんだ。虎田太さんも手伝って板の間に並べられたのは、金銀財宝にきれいな着物、壺《つぼ》に皿に金ぴかの仏像。あと、見たことのない

食いもんもいっぱい。お侍さんは最後に、横たわっているお爺さんに手を合わせた。そして懐《ふところ》に手を入れると、銀貨を二枚取り出してお婆さんに握らせ、「これは拙者からの香典じゃ。気を落とすでないぞ」と言い残し、帰っていった。

「茂吉爺さんは、本当に大したお人だったな」

宝物の山を見て、虎田太さんが言ったんだ。

「こんなたいそうな宝物があっても、お爺さんがいないのではねえ」

お婆さんは複雑な顔でそう言ったよ。

それから少しして、

「虎田太はここか」

大きな声と共に数人の男たちがどたどたとやってきた。

それは、さっきまで一緒に下手人探しをしていた村の男連中だった。先頭に立っているのは喜十で、手に鍬を携えていた。他のみんなも鎌や長い棒なんかを持って殺気立っていた。みんなは一瞬、宝の山にびっくりしたみたいだけど、すぐに虎田太さんに向きなおった。

「どうしたのだ。血相を変えて」

「黙れ虎田太」

村役人っていったら、村の中ではとっても偉い人だろう。喜十はそんな虎田太さんを呼び捨てにしたんだ。

「あんた、茂吉爺さんが桜を咲かせた日、屋敷に爺さんを呼んで、庭の山吹を咲かせてもらったんだってな。奉公人から聞いたぞ」

「そ、それがどうしたのじゃ」

「山吹は、あんたのご先祖様にゆかりがあるらしいじゃないか。それでおいら、ぴんときたんだ。あんたはお武家の家柄だ。山吹にゆかりのあるお武家っていったら、太田《おおた》様だろう」

喜十の話によれば、江戸にお城を初めて作った太田某《なにがし》という和歌の上手な武将がいて、その人は若い頃、狩りの途中で道に迷ったとき、雨具を借りようとした家の娘さんに山吹の枝を差し出されたそうなんだ。それが、太田某が和歌の道に進むきっかけになったとかなんとかだったけど、犬のおいらにはよくわからなかった。

「大事なのは虎田太さん、あんたが〝太田〟という姓を持ち、それをずっと黙っていたことだ」

「素性を名乗れば、威圧的になってしまうだろう。私はお前たちと対等な立場で村を治めたかったのだ」

「黙れ、偉そうにしていたくせに。だいたいおいらはあんたのこと、ずっと嫌いだったんだ」

喜十は、すっかり人が変わったようになっていた。

「いいか。茂吉爺さんが握っていた〝なずな〟は、上から読んでも下から読んでも同じ読みだ。そしてあんたの名前、〝太田虎田太〟も、上から読んでも下から読んでも同じ字面じゃないか」

「ああっ」

虎田太さんは額にぺちんと手をやって、目を剝《む》いていた。

「山吹を咲かせたとき、茂吉爺さんもそれを知った。そしてあんたに石で殴られたとき、茂吉爺さんはそれを思い出し、〝なずな〟を摑んだんだ」

「ち、違う。誤解だ。だいたいなぜ私が、茂吉爺さんを殺さねばならぬのだ」

「そんなのどうでもいい」

喜十は鍬で虎田太さんに殴りかかった。逃げようとする虎田太さんを、他の連中が取り囲んだ。

「〝なずな〟という言の葉の持つ特徴が、あんたの名前を表している以上、あんたが殺したに違《ちげ》えねえ」

今や喜十は、自分が謎を解いたという事実に酔いしれているだけに思えた。言の葉をこねくり回して無理やり下手人にしてしまうなんて、人間の知恵っていうのは時に滑稽なほど愚かしいよ。ねえお爺さん、いわれのない罪を生み出すくらいなら、死者からの伝言なんてないほうがいいんじゃないだろうか。

おいらみたいな犬が、暴徒と化した村人たちを止めることなんかできるわけもなく、虎田太さんは連れていかれてしまった。お婆さんは宝の山の前にぺたりと腰を下ろし、それをただ見ているだけだった。

そうかと思うと、突然我に返ったように、おいらのほうを見たんだ。

「次郎、どうしたらいいのかしら」

その顔を見て、おいらは、次にすべきことがわかっていた。下手人が虎田太さんじゃないことを、知っていたから。

七、

「そうだよ」

山の中の、このあいだと同じ場所にいた伝助さんは、泥のこびりついた髪の毛をもしゃもしゃ掻きながら、あっさり認めた。

「昨日の昼間、俺は山を下りて丘の近くで日向ぼっこをしていた。すると、薪を拾いに来た茂吉爺さんとたまたま会っちまってな。俺は山を下りてはいけないことになっているから逃げようとしたのに、元気か、なんて声をかけてきやがった。びっくりしたぜ」

掟で話しちゃいけないことになっている人に話しかけるなんて、お爺さんは本当に心優しいんだね。

「腹は減ってないかって訊くから、減っていると答えたら、爺さん、持っていた菜っ葉を俺にくれたんだ。むしゃむしゃと食べてたら、もっとうまいもんが食いたくなってな。俺、つい茂吉爺さんにこぼしちまった。一生にもう一度でいい。米を腹いっぱい食いてえって」

この人、おいらと初めて会ったときにも、同じこと言っていたっけ。

「すると茂吉爺さんは言ったんだ。明日の朝早くに丘の麓で待ち合わせをしよう。いいもんを持ってきてやるって」

「握り飯か何かかな」

「俺もそう訊いたんだ。爺さん、笑って首を横に振り、村人に見つからないところに米を育てられるような平らな場所を探しておけって言うんだ。ひと月ほどで米が食えるようになるぞってな。そんな夢みてえな話があるかって、俺はまともに受け取らなかったんだ。でもまあ一応行ってみようとは思っていたが、寝過ごしちまった。慌てて麓近くまで行ってみたら、丘では倒れている爺さんを囲んで、村の連中が何ごとか話しているのが見えた。何かよくねえことが起こってるとわかって、見つからねえうちに引っ込んだのさ」

ひと月ほどで米が食えるようになる──。お爺さんが言ったこの言葉が、おいらは引っかかった。

「ねえ、伝助さん」

「なんだ」

「米っていうのは、花が咲くものかな」

「ん……ああ。籾《もみ》のところに、ものすごく小さい花がな。それができなきゃ、米は実らない。だが、なんでそんなことを訊くんだ」

「ちょっと、来てもらっていいかい」

おいらは伝助さんを丘に連れていった。お爺さんが倒れていたあたりの、花が咲き乱れているところだ。

「この花の中に、米はあるかい」

「お前な、さっきから米って言っているが、収穫する前のは稲っていうもんだ」

伝助さんはぶつぶつ言いながら花々を見渡していたけれど、

「おお、あるぞ、あるある。これもそうだ、これもこれも」

たしかに、おいらもどこかの村の田んぼで夏に見たことがある青い稲が、何本か混じっていたんだ。

これでようやくわかったよ、お爺さん。あの白い袋には、種籾が入っていたんだね。

お爺さんは伝助さんにお米を収穫させてあげたかった。伝助さんの見つけた平らな場所に種籾を蒔《ま》いたうえで灰を撒くつもりだったんだ。そうすれば種籾はすぐに成長して花を咲かせる。少し待てば、りっぱなお米が実るんだろう。

ところが実際には白い袋は、お爺さんが転げ落ちるときに紐が切れて、種籾の一部はこぼれてしまった。いくつかは灰の効き目で花を咲かせたけど、たんぽぽやりんどう、その他色とりどりの花に目がいって、小さな花を咲かせている青い稲にはみんな気づかなかったんだ。さらに、灰がかからなかった種籾や、袋の中に残っちまった種籾は、雀のやつらが食べちまった。おいらがお爺さんの死体を見つけたとき、周りには雀がいっぱいいたもんね。

「このお米は、伝助さんが収穫して食べるといいよ。それがお爺さんからの伝言だと思うから」

おいらが言うと、伝助さんは「ありがてえな」と笑った。

お爺さんの思いは、おいらが伝えたからね。あとは、おいらの思いを晴らすだけだった。

お爺さんの敵討ちさ。

八、

いつしか、あたりは夕闇に染まっていた。

ここ掘れ、わんわん。ここ掘れ、わんわん。

おいらはお爺さんから聞いたしろの話を思い出しながら、家の裏の畑を掘ったんだ。

ここ掘れ、わんわん。ここ掘れ、わんわん。

しろが金銀財宝を見つけたのは、畑の近くの土手だっていうけれど、どこだったんだろう。きっとすごく鼻の利く犬だったんだろうな。おいらにはそんな力はないから、自分のできることをするだけさ。おいらが掘るのは土手じゃなくて、畑の中じゃなきゃ、だめなんだ。

ようやく仕事を終えて穴を埋め戻したとき、おいらの体は泥だらけになっちまっていた。ああ、お爺さんが見たら、絶対に熱いお湯で体を拭いてくれただろうね。懐かしいお爺さん。たった五日間だけだったけど、お爺さんの飼い犬だったことを、おいら、誇りに思うよ。

立ち去らなきゃいけないことはわかっていたんだけど、ついその家を裏から眺めながら、おいらは初めてお爺さんが迎え入れてくれた日のことを思い出していたんだ。

と、そのとき、

「この、馬鹿犬がっ」

怒鳴り声と共に、頭が割れるように痛くなった。しまった、って思ったね。実際に、このときに割れてしまっていたのかもしれないよ。

「やめて、やめて、ねえ……」

おいらを殴りつけたその影にしがみつくのが、お婆さんだってことはわかった。影は鍬を振り上げていた。

「おいらのにわとり、全部殺しちまって、このっ」

気が遠くなりながらもおいらは避けた。振り下ろされた鍬で土が舞う。声の主は、喜十だった。

「あのにわとりはな、おいらのおっかあの形見、おいらの家族なんだ」

喜十は涙声だった。

「毎日、たまごを飲むたび、おいらはおっかあのことを思い出していたんだ」

そうきたか……。そんなことをしたら、喜十が逆上するのはあたりまえさ。おいらは畑にがっくりと前足を折った。野良犬生活が長いから体だけは丈夫なつもりだったけど、意外とすぐにだめになっちまうもんだね。

「もう、それもできなくなっちまった。死ね、このっ」

喜十の狙いはばっちりだったよ。おいらは今度こそたしかに頭を割られ、ぐったりとしちまった。おいら、生まれつき鼻が利かないから、こんなに血の臭いをはっきり感じたの、初めてさ。

——そんなわけで、おいらは、しろの松の切り株のすぐそばに埋められた。

埋めたのはもちろん、お婆さんだよ。

お婆さんが穴を掘り終わっておいらを放り込んだとき、何て言ったと思うかな。「頼むわよ」って、そう言ったんだよ。本当のところ、おいら、そのときはまだ、息があったんだ。

ねえお爺さん。なんで、って思うかい。おいらが教えてあげるよ。

実はおいら、あの朝、お爺さんを追いかけて外に出る前から引っかかっていたことがあったんだ。あのとき土間にあったお婆さんの草履、つま先がこっち——、板の間にいるおいらのほうを向いていたんだ。おいらを初めて家に迎え入れてくれた日、お爺さんはお婆さんの草履のつま先が外に向くようにそろえていた。几帳面なお爺さんのことさ、自分が外に出るときにお婆さんの草履のつま先が板の間に向いていたら、気づいて外向きにそろえたはずなんだ。お婆さんの草履のつま先が、板の間のほうを向いていることから導き出される事実はね、お爺さんが出ていったあと、お婆さんが一人で帰ってきたってことさ。

それでもおいら、お婆さんのことは疑っていなかった。お爺さんが出ていってからおいらが目を覚ますあいだ、何らかの事情でお婆さんは外に出て戻ってきたんだろう。お爺さんが寝ていないのには、暗かったから気づかなかったんじゃないか——、そう思っていたんだけど、それは、虎田太さんの「なぜ茂吉爺さんは外出したのか」という質問へのお婆さんの答えで違うとわかった。お婆さんは「私は、虎田太さんに起こされるまでぐっすり眠っていましたから」って言ったんだ。あれ、どうして隠すんだろう、ひょっとして、っておいらはようやく、お婆さんを疑いはじめた。でももちろん、混乱していたよ。理由がわからなかったから。

理由がわかったのはその後、喜十たちに虎田太さんが連れていかれたときのことさ。お婆さんは宝の山の前にぺたりと座って、それ——宝の山をただ見ているだけだった。ただ見ているだけだったけれど、その目はぎらぎらと輝いていたんだ。欲という名の光だよね。

お婆さんはね、しろが見つけた金銀財宝や、臼から出てきた黄金を、お爺さんがすぐに村やお寺に寄付しちゃうのが我慢できなかったんだ。お殿様のご褒美が届いたら、それで不作に備える蔵を造るってお爺さんが言い出したとき、お婆さんの心は決まったんだろう。灰のあとはもう、宝をもらえる機会はなさそうだから。

伝助さんのために種籾と灰を使うことを、お爺さんはお婆さんに話していたんでしょ。あの朝、お爺さんとお婆さんは、眠っているおいらをおいて二人で家を出ていった。伝助さんとの待ち合わせは丘の麓だったはずだけど、お婆さんは「ちょっと丘に上って朝日でも見ましょう」って、お爺さんを誘ったんじゃないのかな。

朝日を二人で見た後、お婆さんはお爺さんに先に行くように言い、落ちていた石をお爺さんの頭に打ちつけた。昔の偉い人のお墓であるあの丘のてっぺんには石がごろごろしているから、手ごろなのを探すのに苦労はなかったはずさ。お爺さんは、灰と種籾を撒きちらしながら丘を転げ落ちていった。

気が遠くなる中、お爺さんがなんでぺんぺん草を摑んだのか。今となっては、喜十が初めに言った「三味線のばちの連想から沢蟹奴のお師匠を示した」っていうのが正しい気がする。

お爺さんは、なんで自分がお婆さんに殴られたのかはついにわからなかったんでしょ。呆《あき》れるくらいに優しいお爺さんのことさ。最期に考えたのは、こんなことだったんだろう。長年連れ添ったお婆さんを、人殺しにしてしまうわけにはいかない。それで、目の前にあったぺんぺん草に、沢蟹奴のお師匠の三味線を重ね、摑んじゃったんだ。おいらも死んだ後だからわかるけれど、死にゆくときの気持ちなんて、生きている者にはそうそう伝わらないもんさ。

お婆さんを疑わないでやってくれ……っていうお爺さんの気持ちも、残念ながらお婆さんには伝わらなかった。それどころかお婆さんは、喜十や村の連中が下手人を求めて右往左往し、最後に虎田太さんを連れていったのを見て、心の中じゃほくそ笑んでいたはずだよ。誰も、お婆さんを疑っていなかったからね。

さらに恐ろしいことに、お婆さんは念願の宝物を独り占めできると思ったとき、もっと欲深いことを思いついたんだ。お婆さんはおいらのほうを見て、言ったんだよ。

「次郎、どうしたらいいのかしら」

言葉だけ聞けば、「虎田太さんが連れていかれてどうしたらいいのかしら」、あるいは「私はこの先、どうしたらいいのかしら」っていう意味に思える。でも、あのぎらぎらした目で見つめられたおいらには、そうは聞こえなかった。

お婆さんは、もっともっと宝物を手に入れたいと思ったんだ。そのためにおいらを使うことを考えていたんだよ。

もともと、宝物が手に入ったのは、しろが殺されて、その死体を埋めたあとに植えた松で作った臼から黄金が出てきたことだったよね。死んだ飼い犬を埋めた後に松を植えれば、お宝が手に入る。お婆さんの頭にはそれしかなかった。でもお婆さんは思い直したんだ。太作爺さんがついた餅ではお宝は出ず、太作爺さんが撒いた灰では花は咲かなかった。きっと臼や灰には、死んだ犬の思いが影響しているのだと。

お婆さんは自分でおいらを殺したんじゃ、宝物は見込めないと考えたんだ。ということは、誰かにおいらを殺してもらわなきゃいけない。そのあとで、丁寧に丁寧に葬らなきゃいけない。しろと同じようにね。

「次郎、どうしたらいいのかしら」

あれは、「次郎、どうしたら誰かにあんたを殺してもらえるかしら」って意味だったんだよ。

その意味を知ったおいらは、まず伝助さんのもとへ走り、お爺さんの真意を確認した。唯一おいらの話を理解できる伝助さんに、お婆さんが下手人だって伝えてもらおうとも考えたけど、そもそも掟によって伝助さんは村人と話すことを禁じられているから、それはできなそうだった。それで、おいらは心に決めたんだ。お爺さんの敵討ちをしたうえで、村を出ていくってね。

村へ戻ったおいらがまず向かったのは、沢蟹奴のお師匠の小屋さ。お師匠の話では、附子っていう猛毒のもとになるとりかぶとっていう植物が、家の戸口の周りに植えてあるってことだった。おいらはお師匠の小屋の戸口あたりの土を掘り、それと見える根っこをほじくり出した。舌で触らないようにくわえて、お爺さんの家に戻り、畑を掘って埋めたんだ。

お爺さんの家を眺めながら、感傷に浸っている場合じゃなかったんだ。まさかお婆さんが、あんなに早く行動を起こすなんて思ってもみなかったよ。

お婆さんはきっと、喜十のおっかあが遺したにわとりを捕まえて、全部殺したんだ。そして嘘泣きをしながら喜十の家の戸を叩いた。「うちの次郎が、お宅のにわとりをみんな殺してしまった。お詫《わ》びしてもしきれない」なんて言えば、喜十が逆上するのは目に見えてる。

結果、お婆さんは見事に、「他人に殺された飼い犬の亡骸《なきがら》」を手に入れたっていうわけさ。穴に放り込まれたときは、まだ生きてたけどね。

ああ、それにしても寒いなあ。暗いのはわかっていたけれど、土の中って、こんなに寒いんだ。意識はいつまでこの体に宿っているんだろう。お爺さんの意識も、まだお爺さんの死体にあるのかな。

お婆さんは、おいらを埋めた後に、松の若木を植えるだろうね。それって、本当に一日で育つんだろうか。それで作った臼で餅をつくと、黄金が出るんだろうか。臼を燃やした灰で、花は咲くんだろうか。

もしおいらにその裁量があるんだとしたら、おいらはやっぱり、花を咲かせるつもりさ。その灰が裏の畑に達して、おいらの埋めた、とりかぶとの花が咲くかもしれないからね。

それが叶《かな》わなかったとしても、季節になればとりかぶとは育つだろう。沢蟹奴のお師匠によれば、とりかぶとの葉は「よもぎにちょいと似ている」とか。野菜のことをろくに知らないお婆さんは、切り刻んで鍋に入れちまうはずさ。自分で作ったその鍋を食べて苦しむお婆さんは、そのときに気づくんだろうか。おいらが殺される直前に、畑で泥だらけになっていた意味に。

とにかくね、優しかったお爺さんを殺したお婆さんを、おいらは許さない。

これが——そう、死んだ犬がいつか咲く花に託した、伝言だよ。

# つるの倒叙《とうじょ》がえし

# 一、

外ではしんしんと雪が降っておる。

弥兵衛《やへえ》の前の囲炉裏《いろり》では、ちろちろと火が揺れていて、その向こうには、恰幅《かっぷく》のよい、年老いた男が一人、胡坐《あぐら》をかいておった。弥兵衛のぼろのような着物とは比べものにならぬほど暖かそうな身なりのこの男は、村の庄屋じゃった。

「弥兵衛よ」

庄屋は静かに言った。

「人から借りたもんは返す。それが人としての道義じゃろうが」

「それは、わかっております」

「わかっているなら、なぜ返さねえ。おやじが死んだとて、借金がなくなるわけじゃあるめえ」

「おらの力ではとても、返せる額ではありません」

「おめえのおっかあは、必ず今年中に返すと言っておったではねえか」

「昨日も言いましたが、それはおっかあが生きていたときの話です。おっかあは、機織《はたお》りで反物を作って村で売り、金に換えて庄屋様へ渡すつもりでおったんです」

弥兵衛は、右を向いた。障子が閉まっている。奥の間には、弥兵衛のばあさまのそのまたばあさまから使っている、古い機《はた》があるのじゃ。

「そのおっかあも、夏に、死んじまったな」

「はい……」

「そしたら、返すのはおめえだ。なぜ、機織りをしねえんだ」

「おらは、機織りを知りません」

機織りは女の仕事であり、お前は力仕事をしてりゃいいんだと、弥兵衛の母は機織りを教えなかったんじゃ。しかたがなく薪《たきぎ》を拾って町に売りに出たものの、借金を返すにはまったく足りんのじゃった。

「ふん。どうしようもないやつじゃ」

「かんべんしてくだせえ。おらは、おっかあの葬式も出せてねえんです」

「わしの知ったことか。おめえの家が貧しいのがいけねえんだ」

「庄屋様は、おらのおっとうとは古くからの仲だと聞いております。あれを預かってくださったのも、庄屋様だそうじゃねえですか」

弥兵衛が指差したのは、部屋の隅にある台じゃ。その上には、木彫りの、腹のふくれた魚の像が置いてあった。庄屋はちらりと見たあとで、鼻で笑った。

「友だちのよしみで、なんとかもう少し、借金を返すのを待ってくだせい」

「黙れ。友だちだと。笑わせるな。わしは、おめえのおやじが嫌いだったんだ。わしより先に嫁を取って、勝ち誇ったような顔をしてな。いつもへらへら笑っておるくせに、物言いは偉そうで、そのくせ、稼げねえくせに金を借りてな。恨むなら、ぐずでのろまな親を恨め。迷惑かけっぱなしで逃げるように死んじまった、おめえのおやじとおっかあをよ」

庄屋は、がははと笑いはじめたんじゃ。弥兵衛は優しいおっとうとおっかあが好きじゃった。どんなに生活が苦しくても毎日笑いが絶えなかった生活は、幸せじゃった。自分のことは何と言われても、おっとうとおっかあのことをこき下ろされるのは、我慢がならなかった。

「おねげえでございます」

しかし弥兵衛は声を荒らげることなく、むしろさっきまでより静かな声で言った。

「そうでなければ、おらは、庄屋様を殺さなきゃなんねえ」

「ああ？」

庄屋は顔を真っ赤にしながら立ちあがると、弥兵衛に近寄り、その胸ぐらを蹴りつけたんじゃ。

「この野郎、言わせておけば。おやじに似て、憎たらしいやつじゃ。ええい、決めたぞ。おめえなんぞ今すぐ、この村から追放じゃ。屋敷から、手伝いのもんを呼んでくるから待っておれ。おやじとおっかあの墓も暴いて、死体は山犬にでも食わせてしまうから、覚悟しておけ」

庄屋は肩を怒らせながら、土間へ下り、雪沓《ゆきぐつ》を履きはじめた。弥兵衛の心は、決まっておった。部屋の隅の筵《むしろ》に隠しておいた、鍬《くわ》を摑《つか》む。庄屋の背後に立ち、

「てんぐのしゃっくり、ひょっ、ひょっ、ひょっ」

叫びながら、庄屋の頭めがけて振り下ろしたんじゃ。庄屋は声もなく、その場に崩れ落ちた。

弥兵衛はしばらく、動かなくなった庄屋を見下ろしておったが、不意に「ひっ」と声を上げた。自分のしたことが怖くなったんじゃ。土間の隅においてある水甕《みずがめ》にかけより、蓋《ふた》を取り、ひしゃくで水を掬《すく》って飲んだんじゃ。冷たい塊が胸から腹へ落ちていった。

「ふーっ」

二杯目の水を飲んでひしゃくを置くと、弥兵衛の気分はいくぶん、落ち着いてきた。戸を少し開けて外を見ると、大雪とあって、人っ子ひとり歩いておらなんだ。だが、油断はできん。弥兵衛は戸を閉めてつっかえ棒を嚙《か》ませると、土間から上がり、障子を開

け、機の置いてある奥の間へ入った。そして、さらに奥にある破れかけた襖《ふすま》を開いた。ひとまず庄屋の死体は、ここへ隠しておくつもりじゃった。土間へ戻り、うつぶせになっている庄屋の死体を見下ろす。割れた頭からはまだ血が出ていたが、この寒さじゃ、そのうち傷が固まり血も止まるじゃろうと弥兵衛は思った。

こつこつこつ。戸口の戸が叩かれたのは、弥兵衛が死体を襖の向こうに隠し終えてすぐのことじゃった。弥兵衛が黙っていると、こつこつこつと、さらに三回、戸は叩かれたのじゃった。

二、

つうは、その家の戸口に降り立つと、人間の女に姿を変えました。人の形に姿を変える術は、鶴の村の鶴翁《つるおきな》から教えられていましたが、どうも細い女にしか化けられぬのです。もしあのお方が、やせた女がお嫌いだったらどうしよう……不安を抱えながらも、つうは戸を叩いたのでした。

こつこつこつ。

しばらくの間、何の返事もありませんでした。

こつこつこつ。

もう一度、戸を叩きます。笠の上に、雪がしんしんと降ってきます。羽毛に覆われず、剝《む》き出しの肌の上に着物を着るばかりの人間の姿は、何と寒いのでしょう。ぶるりと身を震わせたそのとき、

「誰じゃ?」

中から返事がありました。疑りぶかそうな声でしたが、紛《まぎ》れもなく、あのお方でしょう。

「旅の者です」

がたがたと音がしたあと、戸口が開かれ、四十すぎの男が顔を出しました。間違いありません。つうを助けてくれたあのお方です。数日前、山の向こうのあぜ道で、つうの足から罠を外して助けてくれたこのお方を、空を飛びながら追いかけ、この家に入るのを見届けたのです。道に迷った旅の女を装うため、雪の降る日を今日まで待っていたのでした。

笠の下のつうの顔を見るなり、そのお方の顔が変わるのを、つうは見逃しませんでした。すぐに、自分の容姿がこれで間違いでないことがわかりました。細身の女性が好みのようです。

「この雪で、日も暮れてまいりまして、困っております。今晩一晩だけでも泊めていた

だけないでしょうか」

「それはお困りだろう。しかし、このとおり、何もない家だ」

「構いません。この雪をしのげるだけでも」

「他にも家はあるだろうに」

「他の家では断られ、こちらを頼ったのです」

「ふむ……。他の家は家族暮らしだしな。一人といえば、うちだけだ」

そのお方は困ったような顔で、降り続ける雪を見ていましたが、小さくうなずきました。

「この雪では、見捨てるわけにもいかん。入って火に当たったらいい」

「ありがとうございます」

やはり、心の優しいお方です。つうは中へ上がらせてもらいました。囲炉裏では薪がぱちぱちと燃えています。寒さには慣れているつうですが、やはり温かい火のそばはいいものです。

ふと土間のほうを見ると、隅に置かれた筵の下を、あのお方は何やらがさごそと探っていました。やがて、一本の泥だらけの大根を取り出しました。

「腹も減っておるじゃろう」

先ほどよりも囲炉裏の火は大きく、縁が欠けてしまった鍋は、ことことと音を立てています。

「どれ、もういいじゃろう」

そのお方は鍋ぶたを取ると、杓子《しゃくし》で中をかき回し、茶色い椀によそいました。

「大根のほうが多い雑炊じゃが、我慢してくれ」

椀をつうに差し出してきます。

「いただきます」

つうはありがたく受け取りました。慣れない箸《はし》を使い、口に運びます。

「おいしゅうございます」

本当を言うと、人間の食べ物がおいしいかどうかなど、わかりません。しかし、そのお方の心遣いが嬉しかったのです。そのお方は嬉しそうにうなずくと、自分の分を椀によそい、食べはじめました。

つうはすぐに、大根雑炊を食べ終えてしまいました。おかわりなどあろうはずもなく、ただ、目の前のお方は黙々と大根雑炊を食べるだけです。心は優しくとも、話をするのがあまり好きではないようでした。

「あの」

その静けさが気まずく、つうは声をかけました。

「つう、と申します」

前触れもなく名乗ったことに、そのお方はしばし目をぱちくりとさせていましたが、やがて、「ああ」とうなずいた。

「おらは、弥兵衛じゃ」

弥兵衛。自分を罠から助けてくれたそのお方の名前が、冷え切ったつうの胸に、雑炊よりも温かく、しみわたっていくのでした。

つうは、今こそここへ来た目的を果たすための申し出をすべく、椀と箸を置き、姿勢を正します。

「弥兵衛様。見ず知らずの私をお泊めいただいたばかりか、こうしてご飯までごちそうしていただき、ありがとうございます。つうは、弥兵衛様に恩返しをしたいと存じます」

「恩返しだと」

「はい」

と、つうは、奥の間へ通じる障子を見やります。

「この村は昔から、畑仕事のできぬ冬の間は女どもが機織りをすると聞いております。この奥の部屋にも、機があるとお見受けしました」

「ああ、ばあさまの、そのまたばあさまの頃から、この家にあるもんだ。おっかあが使っていたが、おらは使えねえ」

「こう見えましても、つうは機織りが得意でございます。弥兵衛様、つうの織った反物を町へ持っていき、お売りください。身分の高い人のお屋敷に持っていけば、高く売れましょう」

急な申し出に、弥兵衛は椀を落とさんばかりに驚いた様子で、首を横に振りました。

「知らない人に機織りをしてもらうなんて、そんなこと、できねえ」

「いいえ。つうは、恩返しがしとうございます」

立ちあがり、障子に手を掛けます。

「待て！」

ものすごい勢いで弥兵衛が飛んでくると、つうの細い手を捻《ひね》りあげました。鬼のように恐ろしい形相でしたが、つうが痛がると表情を和《やわ》らげ、「すまねえ……」と、手の力を緩めました。

「いったい、どうしたのです、弥兵衛様」

「あ、ああ……。あの機織りは、その……、おっかあの形見だからな。知らない娘に触られるのが嫌なんだ」

恐怖を感じていたつうでしたが、安心しました。

「お母上を思う優しい気持ち、つうもわからぬわけではありません。機織りは粗末に扱わず、心を込めて織りますから、どうぞお貸しください」

「しかし……」

「いいと言われるまで、つうはこの家を離れません」

弥兵衛は、つうを見つめていましたが、やがてあきらめたようにうなずきました。

「そこまで言うならいいだろう」

つうは安心し、同時に、弥兵衛に告げなければいけないことがあるのを思い出していました。

「弥兵衛様。お願いがございます。反物を一反織りあげるには一晩かかります。つうが機を織っている間は障子を閉めたまま、決して中を覗《のぞ》かないでください。つうは、機を織るところを見られるのが嫌なのです」

「むう……」

弥兵衛は口をつぐみ、考えます。その額にはなぜか、じっとりと汗も浮かんでいます。

「弥兵衛様、どうかなさいましたか?」

「うむ」

弥兵衛は奥の間の障子を開き、行灯《あんどん》を手繰《たぐ》り寄せて灯を入れました。照らされた部屋の中にはやはり、一台の古い機があります。

「奥に、襖が見えるだろう」

たしかに、機の向こうに、すっかり黄色くなってしまった襖がありました。

「つうよ。お主が機を織っている間、この部屋を覗かないという願いは聞き入れよう。しかし、おらからも一つ、約束してほしいことがある」

「何でしょうか」

「何があっても、あの襖を開けて中を覗くことはなんねえぞ」

弥兵衛の顔は神妙でもあり、恐ろしげでもありました。

「よいな」

その表情に、つうはただ黙ってうなずくしかなかったのです。

三、

とんとんからりん、とんからりん。
弥兵衛は囲炉裏の脇で横になり、障子の向こうでつうが機を織る音を聞いておった。
とんとんからりん、とんからりん。
懐かしい音じゃった。
――おっかあ、なしてこんな音がなるんだ
――これはな、糸一本一本に、愛情を込めている音なんだで弥兵衛は、まだ幼い頃のことを思い出しておった。こんな寒い冬の夜は、母が機織りをしているそばに行っては、とりとめもない話をしたものじゃった。

——機織りはな、縦糸と横糸が少しずつ協力し合って、一枚の大きい反物を作るんじゃ。横糸一本ずれただけで、台無しになっちまう。だから一本一本の横糸に気を張って、愛情を込めて織らなきゃならん

——反物には、おっかあの愛情がいっぱいこもってるんだな

——ああ、そうだな

機を止めて頭を撫《な》でてくれた優しい母。その、手のぬくもりが、今にもよみがえるようじゃった。

とんとんからりん、とんからりん。

弥兵衛はいつしか、涙ぐんでいたんじゃ。

熊が襲ってきたかのような勢いで戸が叩かれたのは、そのときじゃった。

「弥兵衛、おい、弥兵衛!」

聞き覚えのある声じゃった。弥兵衛は飛び起き、土間へ下りて戸のつっかえ棒を外した。凍りつくような闇。いつしか雪はやんでおった。そこにいたのは、蓑《みの》を着こみ、灯のついたがんどうを携えたがっちりした体つきの男じゃった。雪の中を駆けてきたのか、全身雪まみれじゃった。

「権次郎《ごんじろう》でねえか」

権次郎は白い息を吐きながら土間に入ってきて、「ん？」と首をかしげた。

「弥兵衛、お前、奥の間で、機織りの音がしてるでねえか」

こちらの騒ぎなど気にしないかのように、とんとんからりん、とんからりん、と、音は続いておった。

「お前のおっかあは、夏に死んじまったんじゃねえか？」

「ああ、そうだが、今、客が来てでな。ええと……三つ山を越えた村の親戚の女じゃ。機織りをしてえが、その家には機がねえ。それで、おらの家にあるって聞いてやってきたんだ」

とっさのごまかしにしては上出来じゃった。権次郎は「そうか」と納得したようだった。

「それより権次郎。どうした、そんなに慌てて」

「ああ。弥兵衛よ、庄屋様の姿、見なかったか？」

弥兵衛はどきりとした。もちろん、奥の間の襖の向こうに冷たくなって転がっているなどと言うわけにはいかなんだ。

「いや、ここんとこ、会ってねえな」

「そうか。いや、さっき庄屋様のところから使いが来てな、午後から姿が見えねえっていうんだ。家の人たちは、また玄庵《げんあん》さんのところだろうって思ってたそうなんだが」

玄庵さんというのは、村はずれの山の麓《ふもと》にある小さなお寺の和尚さんじゃ。庄屋は玄庵さんと仲が良く、たびたび寺を訪れているのは、村の者なら誰でも知っておった。庄屋も玄庵さんも碁が好きで、二人で打っていると時間を忘れてしまい、庄屋がお寺に泊まることも珍しいことではなかった。だから庄屋の家の者は皆、その夜もお寺に泊まってくるのだろうと思っていたそうじゃ。

「だが、暗くなってから、お寺の小僧が庄屋様の家にやってきたんだそうだ」

権次郎は弥兵衛に聞かせた。

「和尚さんは庄屋様に借りた茶道具を今日までに返す約束をしていたが、それをすっかり忘れていて、夜になって思い出したんで慌てて小僧に返しに行かせたんだ。ところが、庄屋様の家では、お寺に庄屋様が行っていると思っていたから驚いた。奥方様は慌てて、家の者に庄屋様を探させたというわけだ」

どうやら庄屋は、弥兵衛の借金を取り立てに行くことを告げずに家を出たようじゃった。弥兵衛は安心した。自分が疑われることはなさそうだということがわかったからじゃ。

「雪に足跡でも残ってりゃよかったんだが、夕方過ぎまで降り続けておったろう。すっかり足跡は覆われてしまったみたいじゃ。弥兵衛、お前も今から一緒に来い。庄屋様を探すんだ」

　断ることは、村人としてできなかった。弥兵衛は、障子が閉められた奥の間に目をやった。

「つう、ちょっと、行ってくるでな」

　声をかけたが、機織りの音は止まなんだ。夢中になっておるんじゃろうと、権次郎を促し、蓑と笠を身につけた。弥兵衛は雪沓を履き、氷の下のように冷え込んだ闇へ足を踏み出した。そして権次郎の持つがんどうの明かりを頼りに、雪の中を進んでいったんじゃ。

四、

　とんとんからりん、とんからりん。

　つうは最後の横糸を通し終え、機を止めました。

　背後を振り返り、小窓の板の隙間から光が漏れているのに気づきました。いつしか、夜は明けていたようでした。

　つうは人間の姿になると、今織ったばかりの反物を両手に取りました。鶴の一族に伝わる、羽を糸に変えて織った反物。人間の世界の絹という織物に似ていますが、きらきらとした光沢は、春の小川の水面のようでもあり、夏の夜の星々のようでもあり、とても美しいのです。そればかりではありません。この反物には不思議な力があるのです。

つうは障子を開け、囲炉裏の間へ出ました。

囲炉裏の火はすっかり落ち、その脇で、薄い布団をかぶった弥兵衛が眠っていました。昨晩、つうが機織りを始めて少しした頃、誰かが家に入ってくる音がしました。その声から、弥兵衛と同じくらいの男だとわかりました。弥兵衛はその男と何かを話したかと思うと、障子越しに、ちょっと行ってくると言ったのです。つうはそのときすでに鶴の姿で一生懸命機織りをしていました。鶴のくちばしからは鶴の声しか出ませんので、返事ができませんでした。

弥兵衛が帰ってきたのは明け方のことでした。弥兵衛は「まだやっているのか」と声をかけてきましたが、やはり鶴の姿だったつうは答えることができません。反物を織りあげるには、あと少しありました。弥兵衛は気にせず、眠ってしまったようです。

つうは、弥兵衛のそばにしゃがみ込みました。四十もすぎた大人ですが、子どものような寝顔です。

ぱちりと、弥兵衛は目を開けました。

「わっ」

驚いた様子で飛び起きます。

「お、おお、そうだった。つうよ、お前を泊めたのだったな」

「起こしてしまって申し訳ありません。昨晩は外へ出ていらしたようですが」

「あ、ああ……。庄屋様がいなくなってしまったとかで、皆で探しておったのだ。結局見つからず、家に帰ることになった」

「それはお疲れでございましたでしょう」

「いや、大したことはねえ。それよりつう、その反物はお前が織ったものか」

「ええ」

「おらのおっかあもよく機織りはしていたが、こんなにきれいな反物は見たことがねえ。絹というやつか」

「それよりももっと珍しい物でございます」

つうが反物を差し出すと、弥兵衛は受け取り、目を見張りました。

「こんなに軽いとは。まるで風を持っているようだ」

「弥兵衛様はすばらしい目をお持ちですね。実はこの反物には、不思議な力があるのです。これで作った着物を着ると、体が軽くなるのです。まるで風のように」

「なんと」

「弥兵衛様。これを町へ持っていき、できるだけ立派なお屋敷で売ってお金に換えるといいでしょう」

「そんなこと、もったいなくてできねえ」

「いいのです。私は、そのためにこれを織ったのですから。あなた様への恩返しに」

しばらくつうの顔と反物を交互に見比べていた弥兵衛でしたが、感じるものがあったのでしょう。「わかった」とうなずきました。

「今から行ってくる」

腰を上げ、土間へと向かいます。

「つう、お前はまだこの家にいるだろう？」

「ええ。弥兵衛様さえよろしければ」

「これだけの反物だ。きっと高く売れるだろう。食べ物をいっぱい買ってくるから待っていろ」

弥兵衛はすでに嬉しそうでした。雪沓を履き、蓑を着て、笠をかぶり、戸を開けます。

「この近くに盗賊なんぞいねえが、念のために中からつっかえ棒をしておけ」

振り返ってそう言うと、弥兵衛は「それから」と念を押すようにつけ加えました。

「つう、忘れるな。奥の間の襖だけは、決して開けてはなんねえぞ」

つうは、目が覚めました。囲炉裏の端に横になっていたのでした。

鶴は普段、山や野原で、片方の足だけを地につけ、長い首に顔を張りつけるようにして眠るのです。寒い外ではそれが最も温かく、ぬくもりを逃がさない眠り方なのです。横になって寝るというのは、何と楽なことなのでしょう。それに、この布団というものも、薄くてもしっかりぬくもりを閉じ込めておいてくれます。

いったい、どれくらい眠っていたのでしょうか。夜なべの疲れが出て、長い間眠ったのかと思いましたが、弥兵衛はまだ帰っていませんでした。

もとより、鶴は冬の間はあまり食べません。おなかはすいてはいませんでした。しかし、羽のない人間の姿なので、いつもよりもだいぶ寒さを感じます。土間へ下り、細い薪を持ってくると、囲炉裏の火種の上に並べてみました。ですが、いっこうに火がつく様子はありません。囲炉裏の灰に挿してある火箸を抜き取り、ゆうべ弥兵衛がしていた様子を思い出しながら、火種をつついたり、ふうふうと吹いたりしてみましたが、うまくいきません。やはり鶴には火を扱うのは無理なのだとあきらめ、布団にくるまります。

つうはふと、奥の間に目をやりました。障子は開いたままでした。とんとんからりんと音を立てていた機も、今は眠ったようになっており、その奥に襖が見えます。

——何があっても、あの襖を開けて中を覗くことはなんねえぞ

ゆうべ、つうにそう告げたときの弥兵衛の顔が思い出されました。

——つう、忘れるな。奥の間の襖だけは、決して開けてはなんねえぞ

町へ出かける前にも、弥兵衛は言いました。機織りをしているあいだは、朝までに仕

上げてしまわねばならぬと必死だったので気にはなりませんでしたが、今になってみれば気になります。

つうは囲炉裏の火種に目を戻します。もちろん、恩のある弥兵衛を裏切るわけにはいきません。襖を開けようなどとは、思いません。

しかし、あの、朴訥《ぼくとつ》で、正直そうな弥兵衛に秘密があるということが、つうには気がかりなのでした。あのお方に、隠し事などあるのでしょうか。

少しくらいなら。ちょっと開けて中を見て、すぐに閉める。それだけのことです。

つうは立ちあがり、奥の間へと進みます。

細い人間の手を、襖にかけます。

自分は、何をしているのだろう。

しかし、人間の姿に化け、鶴一族に伝わる羽の反物を弥兵衛に与えるなどという、大それたことをしています。あのお方のことを、すべて知っておきたい。そんな気持ちが、胸の中で煮えたぎっています。

息を吸い込み……、そして、吐き出しました。

つうは、両手を襖から離しました。

やはり、いけないものは、いけないのです。

戸が叩かれたのは、そのときでした。

「おい、今帰ったぞ。開けてくれ」

つうは心の臓が飛び出しそうになりました。障子を閉め、土間へ下ります。つっかえ棒を外すと、弥兵衛が入ってきました。雪は降っていないようでした。

どさりと、板の間に何かが投げ出されます。米に餅《もち》に野菜に魚、そして、白くて丸いお菓子です。

「酒も買ってきたぞ」

酒徳利を掲げてみせる弥兵衛は、満足そうでした。

「お前の言ったとおり、できるだけ大きな屋敷を探したんだ。すると、金ぴかの屋根に銀ぴかの塀の、広いお屋敷があるでねえか。おらはすぐに主人に会わせてくれと言った」

そこは町一番の長者どんの屋敷だったそうです。広間に通されると、立派な身なりの長者どんと、その奥方と、たまたま遊びに来ていた奥方の友だちがいました。弥兵衛が反物を見せると、長者どんの奥方は一目で気に入りました。長者どんは気前よく、弥兵衛にお金を与えました。弥兵衛はそれで、これらのごちそうを買ってきたというのです。

「それでもまだ、金は余っておる。ほれ、ほれ」

弥兵衛は懐《ふところ》から、金色に光るものをちゃりんちゃりんと囲炉裏の脇へ投げ出します。つうには価値がわかりませんが、これがお金というものなのでしょう。とにかく弥兵衛が喜んでくれるのが、つうは嬉しいのでした。

「よかったですね、弥兵衛様」

「ああ……それで、つう、相談があるのだがな」

弥兵衛は、急に下手に出るような顔になりました。

「もう一枚、反物を織ってはもらえまいか」

「もう一枚ですって」

「ああ。長者どんの奥方の友だちが来ていたと言っただろう。その友だちも、同じ物が欲しいと言うのじゃ」

人間の女には、他人がいい物を手に入れると、それと同等か、もしくはもっとよい物を欲しがる習性があることを、つうもそれとなく知っておりました。体に負担はかかりますが、弥兵衛の頼みとなれば、聞き入れないわけにはいきません。

「わかりました」

「やってくれるか」

弥兵衛はつうの手を取って、小躍りしました。手を握られ、つうは恥ずかしくなりました。

「よし、そんなら今日はご馳走だ。たっぷり食べて、はりきって機織りをしてくれ。これ、うまいぞ」

弥兵衛は、つうに白いお菓子を差し出しました。

五、

権次郎は、雪が融《と》けかかり、ぬかるんでいる道を急いでおった。この先、地蔵のある辻を左に曲がり、橋を渡って少し行った先が、目指す家じゃった。寒風が、頬を刺すようじゃった。だが、権次郎の気持ちは明るかった。もうすぐ褒美《ほうび》が手に入るからじゃった。

庄屋が姿を消してから、今日で四日目じゃ。あの日以来、雪は降ったりやんだりじゃが、足跡を覆うくらいの大雪は降っておらんかった。村の男たちはあれから毎日、あたりの川や沢、山を探して回っているが、いっこうにその姿は見つからんのじゃった。あの日、庄屋が家を出てから夕方まで、激しく雪が降っていたのがやはりいけなかった。庄屋の足跡は、後から降った雪が消してしまっておったのじゃ。

庄屋の女房は、かつては町の裕福なまんじゅう屋の娘で、顔もまんじゅうのようにふっくらしていたが、この四日でかなりやつれてしまっていた。今日の朝、庄屋に近しい村の男たちを家に集め、そして、「夫を見つけた者には、褒美を取らす」と言ったのじゃった。

褒美というのがどの程度のものか、庄屋の女房は言わなんだ。ごうつくばりな庄屋で、かなりため込んでいると聞くから期待はできるじゃろう。しかし、権次郎にはそれ以上の野望があったんじゃ。庄屋の家には子どもがおらん。どういうわけか、養子もとっておらぬ。庄屋にもしものことがあったら、次は誰が庄屋になるのだと、村の男どもの間ではよく話に上っておった。

もし今回のことで、庄屋が変わり果てた姿で見つかったとしたら、庄屋の座は、それを見つけた男に回ってくるかもしれん。庄屋に跡継ぎがない場合は、代官所の役人が次の庄屋を指名することになっておったが、前の庄屋の女房の推薦ならば、役人も無視するわけにはいかんじゃろう。

実は、権次郎には、庄屋の行き先について心あたりがあったんじゃ。しかし、大きな声で言えるようなことではなく、もしその秘密を明かしたあとで庄屋がひょっこり帰ってきたら、自分の立場が危うくなってしまうので黙っておったのじゃ。

しかし、四日も姿を見せぬとなれば、もう庄屋はどこかで死んでいるに違いない。権次郎はそう考え、庄屋の女房が褒美を取らすというのを聞いたあとで、他の男どもに見られぬよう、こっそりと家を出たのじゃった。

目的の家が見えてきた。

吹けば飛びそうな粗末な屋根板。よく、雪の重みでつぶれないものじゃ。

「もし、おかよ、いるか、おかよ」

権次郎は戸を叩きながら、声をかけたんじゃ。やがて戸が開き、一人の女が顔を出した。

「権次郎さん。なんですか」

着ているものは見すぼらしいが、目を見張るような美人じゃった。この女はおかよといい、華奢《きゃしゃ》で、こまどりのようにおどおどとしたその態度がまた、男心をくすぐるのじゃった。

「仁作《じんさく》は留守か」

「知っておいででしょう。この時期は村にはおりません」

この家の畑は狭いうえにやせており、あまつさえ、女房のおかよは体が弱く、畑仕事ができないときていた。実入りを補うためにこの村で女がする仕事と言えば、古くから機織りじゃが、貧しい仁作の家は機をも売ってしまっておったんじゃ。その分、おかよは竹細工が得意で、畑仕事のかわりに日がな一日、籠《かご》や一輪挿し、笠などを作っておった。その品々は、冬の間、旦那の仁作が背負えるだけ背負い、三月《みつき》かけて町から町を渡る。おかよはそのあいだ、一人で留守番をしておるというわけじゃった。

「ちょっと、入れてくれ」

おかよはいやとは言えなかったようで、権次郎を家の中に通したんじゃ。

村の中でも特に貧しく、狭い家じゃ。切ってきた竹や籠などが山と積まれておる中、夫婦が寝るのに十分なだけの、新しくてふかふかした布団が敷いてあった。それを見て、権次郎はにんまりと微笑んだのじゃ。

「おかよ。庄屋様のことは知っておるか？」

「ええ。四日前の夜からいなくなってしまったとか」

おかよの目が泳ぐのを、権次郎は見逃さなんだ。

「庄屋様が姿を消す五日ほど前、雪が激しかった日があったろう。あの日、ふと外に出たおれは、きょろきょろしながら歩いていく庄屋様の姿を見かけたんだ。なんともおかしな様子だったんで、気づかれないように後をつけた。すると庄屋様は、地蔵の辻を曲がって、橋を渡っていくでねえか。橋の先には、この家しかねえ。いったい庄屋様は、この家に何をしに来たんだ？」

「知りません」

おかよは目を伏せたんじゃ。

「庄屋様がお前のことを気に入っているのは、村の者は前からみーんな、知ってんだ……おや、これは何じゃ」

権次郎はそばの竹籠の下に一度手を差し入れるとすぐに出し、手を開いてみせた。煙管《きせる》の雁首《がんくび》があった。

「これはお前、庄屋様の煙管の雁首でねえか」

「そんな。な、何かの間違いでは……」

「おれは何度も見たことがあるから間違いねえぞ。これがあるってことは、庄屋様がこの家に来たってことだ」

実は、五年ほど前に煙管が折れてしまったからやるわいと、庄屋から権次郎が受け取っていたものじゃった。それを隠し持った手を、籠の下に入れて摑んだように見せただけじゃった。おかよを白状させるための芝居じゃ。

「おかよ、竹細工のもうけだけで、こんなに立派な布団が手に入るもんじゃろうかの」

権次郎は畳みかけるように、この家には似あわない、新しいふかふかの布団を叩いたんじゃ。

「これは、庄屋様が運ばせたもんじゃねえか？　なあ、お前と庄屋様の関係はもう、明らかだ」

おかよの顔は、みるみる青ざめていった。

「お前の家は、庄屋様に借金する形で、年貢を立て替えてもらっていたんだろ。それを返すために、仁作が竹細工売りで留守にする日にちも長くなる。庄屋様はその隙を突くようにこの家に来て、借金をたてにお前に言い寄り、枕を交わし続けたんじゃ。しぶしぶ言いなりになっていたお前だが、四日前についに耐えられなくなり、庄屋様を殺した。

庄屋様はこの家に来ていることが誰にもわからねえように、人が出歩かん大雪の日を選んでいたんじゃろ。それが幸いして、お前の家までの足跡は消えちまったというわけだ」

「違いますっ」

おかよは叫んだ。奥に積んであった竹が、がらがらと崩れた。

「その……、夫の留守のあいだ、庄屋様がこの家に通っていたのは、本当です。借金を減らすからと言われ、断り切れず、身を任せたのも……」

その、折れそうに細い肩は震えていた。直後、おかよは何かを振り切るように、権次郎の顔を睨《にら》みつけたんじゃ。

「でも、私は庄屋様を殺してはいません。私のやせた体で、あの人を殺せると思いますか」

悲哀と憤怒の混じったその表情は、皮肉なことに、何よりも美しかった。権次郎はたじろいでしまったんじゃ。

「権次郎さんは知らないのです。庄屋様をもっと恨んでいる人を」

「誰のことを言ってるんだ」

そしておかよは、その男の名を口にしたんじゃ。

「弥兵衛さんですよ」

六、

　つうは、織り上がったばかりの反物を、畳みました。

　人間の姿に戻ると、ため息にも似た息が出ました。小窓の板の隙間から漏れ入る、陽の光。日はだいぶ高くなってしまったに違いありません。

　立ちあがると、めまいがしました。反物を織るには、羽だけではなく、かなりの精力を使うのです。四日も夜通し機織りをし続けていれば、疲れもたまるというものです。

　それでも、助けてくれた弥兵衛のためと思えば、つうは奮起できるのでした。

　障子を開くと、囲炉裏の間は、甘さの腐ったような嫌な臭いが立ち込めていました。お酒という飲み物の臭いです。人間はこの飲み物が好きで、飲むと気持ちよくなり、歌ったり踊ったりするのだと、鶴翁から聞いていました。

　つうの前で弥兵衛が初めてお酒を飲んだのは、初めの反物をごちそうに換えてきたあの日でした。飲むと弥兵衛はたしかに陽気になり、上機嫌でにこにこといろいろな話をして、つうを喜ばせてくれました。つうもお酒を勧められましたが、一口飲んだだけで自分には合わないことがわかりましたし、陽気になりすぎると機が織れなくなるからこれ以上は、と断りました。すると弥兵衛は見るも不機嫌になり、どんどんどんどん飲むのです。そして言葉が汚くなり、「さっさと機織りを始めろ」とつうを怒鳴りつけました。つうは言われるがままに反物を織りました。夢中になって織っているうちに朝になり、囲炉裏の脇で眠っている弥兵衛を起こすと、つうの顔を見て、謝るのです。

「ゆうべは乱暴なことを言って悪かった」

ああ、やっぱりこの人は優しい人なのだ。純朴であるがために、お酒というものに少し惑わされてしまっただけなのだ。つうはそう思い、反物を渡しました。

その日、帰ってきた弥兵衛はまた、お菓子とお酒を含むごちそうと、余ったお金を板の間に置きました。そして、つうに頭を下げて言ったのです。

「お願いだ、つう。もう一枚、反物を織ってくれ」と。

なんでも、長者どんの奥方の友だちが、別の友だちに「見たこともない綺麗な反物が手に入る」と自慢してしまったらしいのです。そうなれば、人間の女が欲しがらないはずはありませんでした。

「また金が入るんだ。そうしたらつう、お前の好きな菓子だって、いくつも買えるぞ」、
初めて反物を売ったお金で弥兵衛が買ってきたお菓子を、つうは「おいしい」と言ったのです。弥兵衛は次の日もそれを買ってきてくれたのでした。嬉しかったつうですが、本当は、弥兵衛の笑顔の他に欲しいものなど、何もなかったのです。

「わかりました」

それでも快くうなずき、その晩、三枚目の反物を織りました。ところが、それを売ってきた弥兵衛は当たり前のように、再び言ったのです。

「反物を、もう一枚織ってくれ」

つうは困りました。さすがにもう、羽も少なくなってきましたし、精力も尽きそうだったからです。最後の一枚にすると約束してください。つうはそうお願いしました。

「ん？　ああ、わかった、わかった。わかったからさっさと織れ」

そして弥兵衛は、お酒を飲み出すのでした。初めの日に一本しか買ってこなかった徳利は、その日、四本に増えていました。

――目の前でぐうぐう眠っている弥兵衛。その周りには、お金が散らばっています。ゆうべ遅く、酔った弥兵衛がじゃらじゃらとお金を数えながら笑っているのが、機織りをしているつうの耳にも障子越しに聞こえました。これさえあれば、働かなくてもいい。本当につうはいい女だ、などと言っていました。自分が褒《ほ》められているのは嬉しかったのですが、どこか複雑な気持ちでした。弥兵衛の声が聞こえないように、とんとんからりんの音に気持ちを向けました。

そしてようやく、織りあげたのでした。

「弥兵衛様、弥兵衛様」

つうは、すっかり細くなってしまった手で、酔いつぶれている弥兵衛の体を揺すぶります。弥兵衛は「うーん」と唸《うな》ったきり、起きる気配がありません。

「弥兵衛様、弥兵衛様」

何度か声をかけるうち、弥兵衛は目を開け、ぱっと跳ね起きました。土間へ駆け下りると、がらりと戸を開けました。じゃりじゃりになった雪。今日は日が照っています。

「どういうことだ、もう昼でねえか」

振り向いた弥兵衛は、ものすごく恐ろしい顔をしていました。

「申し訳ありません。ここ何日も夜なべをしたので、疲れてしまい、機織りに時間がかかってしまったのです」

「この役立たず」

弥兵衛はつうに迫ってくると、その頬を叩きました。

「痛いっ」

つうは、散らばるお金の上に倒れ込み、徳利に頭を打ってしまいました。

「町までは一刻半もかかるのだぞ。ああ、約束の時間に遅れてしまう」

弥兵衛は、反物をつうの手から奪うと、乱暴に丸めて袋に入れました。そして昨日、町で買ってきた、綿がたっぷり入ったどてらを着込み、その上から、こちらも立派な蓑を羽織ります。土間には真新しい、熊の毛皮であつらえた雪沓がそろっています。その雪沓に足を入れ、弥兵衛は外へ出ました。

「そうだ、つう」

戸の向こうで弥兵衛が振り返ります。

「とある豪農の奥様も欲しいと言っておったのを忘れとった。おらが帰る前にもう一枚、反物を織っといてくれ」

「え。それが最後の一枚と約束したではないですか」

「引き受けてしまったのだ。頼むぞ。なければ、嘘をついたことになってしまう」

「しかし……」

「それから、奥の間の襖だけはくれぐれも開けてはなんねえぞ」

吐き捨てると、弥兵衛は乱暴に戸を閉めました。ざくざくと雪を踏みしめる音が遠ざかっていきます。

ああ、あの人は、変わってしまった……。

弥兵衛の力が強かったため、戸口の戸は跳ね返って少し隙間ができています。その隙間から吹きこむ風を頬に感じながら、つうの頬には、一筋の涙が流れるのでした。

つうが弥兵衛の家に人間の姿になって現れたのは、恩返しのためでした。反物をお金に換え、生活の足しにしてもらうためでした。たしかに反物は高く売れ、お金を手に入れた弥兵衛は、ごちそうに、お酒に、暖かい着物……何でも手に入るようになったのです。その分、弥兵衛は、大事なものをどんどん失っていくようでした。

もし、つうがこの家に来なければ、弥兵衛はもとの、純朴で優しい男でいたに違いありません。自分のしたことが弥兵衛を変えてしまったことを、つうは悲しく、悔しく、腹立たしくさえ思いました。

泣いてもどうなるものでもないことは、わかっています。気を紛らわせようと、そこらに散らばる徳利や食べ残し、お金を片づけはじめました。しかし、そんなことをしていても、人間の姿になったつうの目からは、あとからあとから、涙がこぼれてきました。片づけが終わってもずっと、悲しさはこみあげてくるのでした。

「もし」

外から聞こえる声で、つうははっとしました。戸の隙間から男性が一人、こちらを覗いているのです。悲しさのあまり、つっかえ棒をするのを忘れていたのでした。

「ここは、弥兵衛の家のはずだが、あんた、誰だ」

男は戸を開け、勝手に土間に入ってきました。河原の石のように、丸くて白くてすべすべした顔です。寒さ除けのためか、首には白い布を巻いています。

「え、ええ……」

つうは慌てて涙を拭《ふ》き、姿勢を正しました。

「旅の途中で、泊めていただいたのです。弥兵衛様は町に用事があるというので、留守番をしています」

「へぇー。そうか。弥兵衛の嫁じゃねえんだな？」

「めめ、めっそうもございません」

つうは頭を下げました。あのお方のお嫁さんになれたら、と考えたことがないわけではありませんが、叶《かな》うはずがありません。小石のような顔の男は冗談めかして笑いながら、雪沓を脱いで上がってきました。

「おら、この先に住んでる、勘太《かんた》っていう者《もん》でな。弥兵衛とは、がきの頃からの友だちだ」

「はあ……」

「ちょっくら、じゃまするぞ」

勘太という男は、つうの脇をすり抜け、障子を開け、奥の間に入っていきました。機には目もくれず、襖の前まで進み、開けようとするではありませんか。

「なっ、何をなさいますか」

つうは奥の間に飛び込み、勘太の手を摑みました。

「この襖は開けてはならないと言われております」

勘太は目をぱちくりさせていましたが、つうがあまりに真剣なので、「あ、ああ」と、手を襖から離しました。

「そうだな。いくら友だちとはいえ、弥兵衛の留守中に勝手に開けるのはまずいだろうな。すまなかった」

なんだかわかりませんが、勘太は納得してくれたようでした。そしてばつが悪そうにえへへと笑いながら、首に巻いた布を取りました。端に、楓《かえで》の葉が三枚並んだ模様が織り込まれていました。

「ところであんた、囲炉裏の薪、ほとんど燃え尽きてるじゃねえか。寒いだろうが」

「ええ。でも、私は火をつけるのが苦手なようで」

「はは。そりゃ、しょうがねえな」

勘太は奥の間から土間へ向かいます。つうは障子を閉めました。勘太は、土間から持ってきた杉の皮を揉んで火種に載せたり、細い枝をぽきぽきと折ってくべ、ふうふうと吹いたりしていましたが、やがて囲炉裏の中で火が熾《お》こりました。さすがに人間はうまいものです。それにしてもこの勘太という男、すっかりくつろいで、帰る気配がありません。

「勘太様、いったい、弥兵衛様にどんなご用だったのですか」

「ああ、実はさっき、ふみ……うちの嫁が赤ん坊を産んでな、それを報《しら》せに来たんだ」

「赤ちゃんですか」

思わぬ返事に、つうは驚いてしまいました。

「ははは、おらとふみの間には、なかなか子どもができなくてよ、海の近くの、子宝にご利益のある神社に行って願掛けしてな、ようやくできたんだ」

「それは、おめでとうございます」

「ああ、ありがとな。しかし、こんなときだから、おおっぴらに喜んじゃいけねえんだ」

「なぜですか」

「四日前に庄屋様がいなくなってよ、まだ見つからねえのよ」

そう言えば、つうがこの家に来たあの夜、弥兵衛は誰かと一緒に出かけました。翌朝、庄屋様を探しに行っていたと、弥兵衛は言ったのです。

「若いもんは、川にはまって、そのまま流されちまったんじゃねえかなんて噂《うわさ》してるんだ。子どもが産まれたからって、めでたいめでたいって騒げねえだろう」

「たしかに、そうですね。しかし……お子さんが産まれたばかりだというのに、こんなところにいて、いいのですか？」

「いいのいいの。いざ産まれてみりゃ、亭主なんて何の役にもたたねえ。三軒隣のしわくちゃおばばが産婆の代わりをしてくれたんだが、うろうろしてるだけなら、どっか行ってこいって怒鳴られてな。弥兵衛が帰ってくるまで、あんたと一緒に待ってることにするさ」

なぜか、迷惑な気はしませんでした。この、飄々《ひょうひょう》としたどこかとぼけた男には、変な魅力があるようでした。

「茶でも飲みたいところだが、弥兵衛も俺と同じで貧乏だからないだろうな。せめて湯でも沸かして飲むとするか」

土間に片づけてある鉄瓶を持ち出し、水甕の蓋を外します。

「おら、弥兵衛とは仲が良くてな。弥兵衛もおらの子どもが産まれるのも楽しみにしてくれているんだ」

水を鉄瓶に入れながら、勘太はうきうきしたように言いました。

「それで、子どもの名前の相談に来たんだ」

「まあ、それは素敵ですね」

つうは素直にそう言いました。そして、勘太に信頼されている弥兵衛はやっぱり、優しい男なのだと嬉しくなったのです。

「ま、実はもう、子どもの名前は、半分くらい決まってるんだがな」

勘太は鉄瓶を五徳に載せると、つうの顔を見て、にんまりと微笑みました。

## 七、

雪がちらほら降る中をざくざくと、弥兵衛は歩いておった。背にしょった荷の中には、餅と野菜、それに、村では珍しい海の魚が入っている。腰には、酒の入った徳利も下げていた。早《はよ》う家に帰りたい。今夜は、つうと二人で、わずかばかりの宴《うたげ》を開くつもりじゃった。

川沿いに、今は使われておらん古い水車小屋が見えてきた。弥兵衛の住む村の目印じゃった。とんとんからりん、とんからりんという音が聞こえてくる。村の女たちが、機織りに精を出しておるのだった。

おや、と、弥兵衛は笠に手をやった。

水車小屋の陰に、誰か立っておるのだった。弥兵衛と同じく蓑と笠を着込んでいる。たたずまいからして、男であろうことはわかったが、目深にかぶった笠のせいで顔は見えぬ。まるで顔を隠して居るようじゃった。

水車小屋まであと数歩、というところまで弥兵衛が行ったとき、その男は不意に顔を上げた。

「権次郎……」

弥兵衛は足を止めた。笠の下にあったその男の顔が、不気味に微笑んでおったからじゃ。明らかに、弥兵衛を待ち構えていた様子じゃった。

「弥兵衛よ。さっき、お前の家に行ってきたんだ。そうしたら、つうという女が出てきた。お前が町に買い物に行ったと言ってた」

「ああ、そうじゃ」

「見たところ、たいそうな買い物じゃな。腰に酒徳利までぶら下げて。お前の家に、そんなものを買える金があるとは思えねえ」

「おっかあが死ぬ前に残してくれた反物があったんだ。形見だが、おらには必要ねえもんだからな、売っちまった。おらには、食べ物のほうがありがてえからな」

「そりゃ違《ちげ》えねえ。だがな、お前のおっかあが織った反物が、そんなに買い物ができるくらいの金と換えられるとは思えねえ。それに、庄屋様がいなくなったっていう今、よくも町に買い物になんか行けるもんだな。まるで、もう庄屋様がこの世にいねえとでも思っているみてえだ」

「何が言いてえ?」

「お前が売ったのは、反物ではなく、庄屋様から剝《は》ぎとった着物でねえのか」

権次郎は、蛇のような目で弥兵衛を見た。

「何を言っているんだ」

弥兵衛は権次郎の脇を抜けて家へ向かおうとしたが、権次郎は弥兵衛の道を塞《ふさ》ぐように、ずいと足を踏み出した。

「庄屋様と特別に親しい、ある女から聞いたんだ。庄屋様とむかし仲の良かったお前のおっとうは、庄屋様に年貢を立て替えてもらい、たくさんの借金を抱えていたそうでねえか」

「それがどうした」

「四日前、庄屋様はお前の家に行ったんでねえのか。おっとうもおっかあも死んで、お前に残された借金を取り立てに行ったんだ。お前は借金をなくすため、庄屋様を殺した。そして、大雪で誰も出歩いてねえのをいいことに、死体を隠したんだ」

権次郎は冷たく笑った。

「弥兵衛よ、観念して、おいらと一緒に庄屋様の家に来い。そして奥方様の前で白状するんだ。喜べ。お前をとっ捕まえた褒美として、俺が次の庄屋様になれるってわけだ」

得意げにまくし立てるその顔に、庄屋の顔が重なった。頭の中がかあっと熱くなったが、なんとか気持ちを落ち着かせて、弥兵衛は言い返したんじゃ。

「おらが庄屋様の死体を隠したんだとしたら、どこにあるんだ。まさか、おらの家だとでも言うんじゃあるめえな」

「そう思ってお前の家の襖を開けて見せてもらったが、何もなかった。あの晩、おいらがお前を呼びに行ったときには、まだあそこにあったんだろうな。その後、山にでも運んで埋めたんだろう」

「馬鹿を言うな。あの日の夕方に雪がやんでからは、今日まで足跡を覆うほどの雪は降ってねえんだぞ。そんなことをしたら、おらの家から山へ向かう足跡が残ってしまうでねえか」

冬は誰も畑や野原には入らなんだ。山へ向かおうとすると、どうしても目立つ足跡が雪についてしまうんじゃ。だが、権次郎は引かんかった。

「じゃあ、あの日、おいらがお前の家に行く前はどうだ。夕方までは大雪で、庄屋様の足取りがつかめんかったのも、足跡も消されちまったからだ。庄屋様を殺して山へ運ぶお前の足跡も、消されちまったんだろう」

「山へ死体を運んで帰ってくるなんて、一刻（二時間）じゃすまねえぞ。行きの足跡は消えても、夕刻に帰ったときの足跡は残っているはずだろう。村と山のあいだに、そんな足跡があったか」

「む……」

「それに、いくら大雪だからって、夜になる前は出歩いている者もいるかもしんねえ。そんな中、死体を運んでいたら、すぐにとっ捕まっちまうだろうが」

権次郎は言い返せんようじゃった。

「権次郎。どうしてもおらを人殺しにしたかったら、まず、庄屋様の死体を見つけてこい。そして、おらが殺したという証拠を見せてみろ」

弥兵衛は大きな荷を背負い直し、歩きはじめたんじゃ。

「見てろよ、弥兵衛！」

背後から、権次郎が叫んだ。

「おいらは、お前を追い詰めてみせるからな。次の庄屋になるのは、俺だ」

なぜそんなに、庄屋なんぞになりたいのか。弥兵衛にはわからんかった。いずれにせよ、権次郎に死体を見つけるのは無理な話じゃ。

死体は、たしかに山に埋めてあった。しかし、雪に足跡はつかんかったし、死体が埋まっておるのは、人間の力の及ばんほどの深さじゃ。弥兵衛は、穴に放り込んだときの死んだ庄屋の顔を思い出し、身震いしそうになった。

あんな男のことはもう、忘れてしまおう。ざくざくと、雪を踏みしめながら、弥兵衛は家を目指したのじゃった。

八、

勘太という男は、しばらく話をしていましたが、弥兵衛がなかなか帰らないとみるや、さすがに妻子が心配になったようで、帰っていきました。つうは、そのあと障子の奥の間にこもり、機織りを始めました。

とんとんからりん、とんからりん。

これで、終わりにするのです。体から羽を取っては糸に変え、機に差し込んでいきます。

　ふいに、戸が開く音がしました。

「おっ、やってるか、感心、感心」

　障子の向こうから、弥兵衛が話しかけてきます。すでに酔っているようでした。鶴の姿なので、応えるわけにはいきません。勢いで障子を開けてしまうのではないかと心配になりましたが、囲炉裏の端に腰を落とした様子でした。ぐぴっ、ぐぴっと、お酒を飲む音が聞こえてきます。

　とんとんからりん、とんからりん。

　つうは、これまで以上に心を込めて機を織ります。

「つう、聞いてるか？」

　どれくらい経ったときか、障子の向こうから、弥兵衛がまた話しかけてきました。

「今日、反物を持って町へ行く途中に聞いたんだがな。昼過ぎに、庄屋様の死体が川下の村で見つかったようだ。お前は知らねえかもしれないが、この先に橋があってな、そこから滑り落ちたらしい。溺れちまったのか、冷たくて心の臓が止まったかわかんねえが、流されてどっかに引っかかってたんだろうって。それが今日になって、再び流れ出して見つかったんだ。不幸なことだ」

　ぐぴっと、酒を飲んだ様子です。

「おら、この話を、反物を買ってくれたお方にしたんだがな、そのお方が言うには、庄屋に跡取りがいねえ場合、代官所の役人が村に来て、新しい庄屋を決めるんだそうだ。だが、庄屋になるにはそれなりの格というか、財産というかが必要らしい。むしろ、財産さえあれば、役人にちょちょいと袖の下を渡して、なることもできるらしい」

弥兵衛が何を思ってこんなことを言っているのかつうにはわからず、悲しくなりました。

「反物を買ってくれたお方に、庄屋になったらどうかと勧められた。おいらもその気になったんだが、庄屋になるなら、嫁がいないと格好がつかんと言うんだ」

その言葉に、つうは手を止めます。嫁。まさか……。ああ、やはり弥兵衛は自分のことを考えてくれていたのだ。つうは鶴の姿のまま、喜びの声を上げそうになりました。

「お前に毎日買ってくるお菓子があるだろう。町のまんじゅう屋で買ってくるんだが、そのまんじゅう屋の娘が気になっていてな。おら、今日、思い切って声をかけてみたんだ。すると、向こうもまんざらでもないみたいで、おとっつぁんも出てきて、おらが金を持っているのを見ると気に入ってくれたんだ。……おら、あの女を嫁に取ろうと思う」

すーっと、つうの体が寒くなっていきます。

「でな、つうよ。結婚するにはさらに金が必要だ。お前には、もう少し反物を……」

とそのとき、どんどん、どんどんと、戸を叩く音が聞こえました。

「弥兵衛さま、お開けください、弥兵衛さま」

弥兵衛がつっかえ棒を外す音が聞こえます。

「弥兵衛さま」

「あ、あずきちゃんでねえか。どうしてここへ」

「愛おしい弥兵衛さまにお会いしたくて、来てしまいました。村に入ってから訪ね歩き、やっとここがわかったのです」

「おお、冷えただろう。こっちへ来て火に当たれ」

「あずきは、火よりも弥兵衛さまの胸の中がいいのです」

今まさに弥兵衛が話していた、まんじゅう屋の娘らしいのです。

たまりかね、つうは人間の姿に戻り、障子を開きました。弥兵衛と抱き合っているのは、見た目もまんじゅうのようにふくれ上がった、太った女でした。

「弥兵衛さま、なんですかこの、がいこつのようにやせた、陰気な女は」

「あ、うん……こやつは、うちの、機織り女じゃ」

つうは弥兵衛のもとに走り寄り、その頬を叩《はた》きました。まんじゅう女が悲鳴を上げます。弥兵衛は怯《ひる》んでいましたが、やがて顔を真っ赤にして、つうに摑みかかってきました。つうも同じようにやり返します。

「弥兵衛様、どういうおつもりですか。つうが反物を織ったのは、こんな女を嫁に取らせるためではございません」

「なんだと、お前が『恩返し』などと抜かして勝手に織ったのではないか。恩を返すなら、最後までしっかり返せ。お前はただ、反物を織り続け、おらを儲けさせてりゃいいんだ」

弥兵衛はつうを押し倒し、馬乗りになり、顔を叩きます。つうは抵抗するのをあきらめました。「こいつ、こいつ」とつばを飛ばしながら、弥兵衛が罵《ののし》ります。まんじゅう女が「もっと、もっと」と笑っているのが聞こえます。顔を濡らしているのは、涙なのか、血なのかわかりません。

「弥兵衛、何をやっている。やめろ」

叫び声が聞こえ、弥兵衛がつうから引き剝がされました。弥兵衛を羽交い絞めにしているのは、勘太でした。いつの間にか、入ってきていたようです。

「勘太、お前こそ、勝手に入ってきてなんだ」

「今日、ついに子どもが産まれたんだ。それで、お前に預けていたおししゃも様を引き取りに来た」

「ふん、あれか」

弥兵衛は勘太の腕を振り払うと、奥の間へ入り、開けるなと言っていた襖をためらわずに開けました。そこには木彫りの、腹のふくらんだ魚の像が置いてあったのです。それをむんずと摑むと、勘太のほうへ放り投げました。

「おい、乱暴に扱うな」

勘太は魚の像を受け、大事そうに撫でます。勘太によれば「子宝おしゃも様」という、願を掛けたあと、親しい人の家の日の当たらないところに預けておき、成就《じょうじゅ》するまで誰もそれを見てはいけないというものだそうです。子どもが授かったあとは、願を掛けた家に戻し、赤ん坊が浸かったあとの産湯でしっかり洗ってあげなければならないとのことです。

「だいたい、おれはこんなもんを預かるのは反対だったんだ。どうしてもとおっかあがうるさく言うもんだから、預かってやったんだ」

「ああ、すまなかった。……それよりなんだ弥兵衛。おつうさんは、お前の客人だろうが」

「いいや、違う。そいつをこっちへ引き渡せ！」

つうは勘太の背中に隠れるようにしていましたが、弥兵衛はお構いなしに摑みかかります。勘太が間に入り、必死で止めてくれます。

「やめろって！」

揉み合いの末、勘太は弥兵衛を突き飛ばしました。倒れた弥兵衛に、まんじゅう女が寄り添います。つうは勘太に手を握られ、外へ連れ出されました。雪でぬかるんだ冷たい道を、二人で走ります。やがて、村の外れの水車小屋まで来ると、勘太は足を止めました。はあはあと、白い息を吐いています。

「おつうさん、堪忍な。弥兵衛は悪いやつじゃねえが、たまにああなっちまうことがある。今夜は帰らないほうがいいな。この、水車小屋に泊まるがいいや。うちに泊めてやりてえが、何せ、子どもが産まれたばかりで、都合が悪い」

そう言いながら、自分の首に巻いてあった布を外します。楓の葉が三枚並んだ、簡素な模様が織り込まれています。

「せめて、これを巻いてくれ。ふみが作ったもんだが、けっこうあったけえぞ」

「いえ、そんな大事なものを……」

「落としたって言ったら、また作ってくれるさ」

勘太は笑いながら、つうの首に布を巻きました。今までに感じたことのないぬくもりが、首から、いや、胸の中からこみあげてきます。はは、と勘太は照れたように笑いました。

「いやあ、それにしても、おつうさん、きれいだなあ。弥兵衛にはもったいねえや」

「ありがとうございます……」

つうは涙ぐみました。なぜ、自分を罠から救ってくれたのが勘太ではなかったのかと、運命を恨みました。

「そんな暗い顔するなよ。今日は、おれの息子が産まれた、めでてえ日だぜ」

「ええ」

つうが笑顔を作ると、勘太もカラカラと笑いました。

「じゃあ、おやすみ」

「おやすみなさい」

勘太の姿が消えるまで見送ると、つうは涙をぬぐい、鶴の姿に戻りました。

そして、羽を広げました。

寒空に飛んでいく、ぼろぼろの鶴。その首には、布が寂しげにはためいていました。

むかしむかし、そのまたむかしの、お話です。

九、

むかしむかし、ある雪深い村に、弥兵衛《やへえ》という若者がおったそうな。弥兵衛は父の勘《かん》太《た》と、母のふみと、三人で暮らしておった。家族の仲はたいそう良かったが、貧しく、やせた田畑では年貢も払えないほどじゃった。

この村には、たいそう強欲な庄屋がおった。むかしは勘太と同じくただの百姓だったのじゃが、ある冬の日、前の庄屋が川に落ちて死んでしまったあとに、代官所の役人に指名されて庄屋に成りあがったという、たいそう運のいい男じゃった。いつの間にかため込んでいた金で役人を丸め込んだ、という噂もあった。

百姓だった頃、勘太と後に庄屋になるこの男はたいそう仲が良く、ときに協力し合って畑仕事や村の仕事をしたそうじゃ。何を隠そう、この庄屋は名を弥兵衛といい、勘太はこの友人の名をもらい受け、息子にも弥兵衛と名づけたのじゃった。

さて、弥兵衛が十九になった年の春、父の勘太はぽっくりと死んでしまった。

悲しみにくれる弥兵衛とふみのところへ、ものすごい形相でやってきたのが、庄屋の弥兵衛じゃった。庄屋は父の勘太が遺した借金を返せと、母子に迫った。ふみは、反物を織って売れば少しずつ借金を返せると庄屋に約束したんじゃ。

ところが悪いことは重なるもので、次の年の夏、ふみも死んでしまった。

貧しい弥兵衛は母の葬式も出せず落ち込んで、日々を過ごした。秋が過ぎ、冬が来た頃のことじゃ。

「おい、弥兵衛はいるか」

弥兵衛の家の戸を引き開け、鬼の形相で庄屋が乗り込んで来たのじゃ。

「おめえは、いつになったら借金を返すんだ」

母が死んでからというもの取り立てはなかったが、年の瀬も迫り、ついに庄屋はやってきたんじゃ。

「おめえのおっかあは必ず返すと言ったが、あれは嘘だったか」

「い、いいえ、そんなことは……」

弥兵衛は震えながら首を振った。庄屋の顔が、火の中の炭のように赤くなった。

「人から借りたものを返せねえなど、犬畜生にも劣るぞ」

庄屋は弥兵衛の顔を殴りつけおった。かわいそうに、弥兵衛の鼻から血が飛び散った。

「いいか、親戚、友だち、何を頼っても、明日までに返すめどを立てろ。また来るぞ」

庄屋は言い残し、帰っていった。そんなことを言われても、弥兵衛には返す当てはなかった。弥兵衛は庄屋の顔を思い出すと、怖くて震えが止まらなんだ。なぜ、古くからの友人の息子、しかも自分の名前を与えた者に、このような仕打ちができるのだろう。

こつこつこつ。戸が叩かれたのは、そんなことを考えておるときじゃった。

「もし、ここを開けてくれませんか」

女の声じゃった。庄屋ではないことに安心し、弥兵衛が戸を開けると、そこには四十半ばの女が一人、立っておった。見覚えはなかったが、招き入れて用を訊ねた。女は答えたんじゃ。

「もう二十年も前になりますでしょうか。あなたのお父上、勘太様に大変お世話になった、つうと申す者でございます。こちらをごらんください」

女は布を、弥兵衛に見せた。楓の葉が三つ並んでいる。母が得意だった織物の模様じゃ。

「そうだったか。しかし、おっとうは、死んじまっただ」

「ええ。つうは空の上から見ておりました」

変なことを言う女じゃった。

「弥兵衛さん。あなたは今、大変強欲な男に苦しめられていますね」

「強欲だなんて、そんな……」

不意の質問に、正直な感情が顔に出てしまったようじゃった。

「つうはあなたを助けるために参りました。これをどうぞ」

女は左の袖に右手を入れ、すっと、長いものを引き出したんじゃ。鍬じゃった。こんなものがどうやって、袖の中に入っていたのじゃろうの。

「つうの住んでいる村の長老から特別に借りてきた、天狗鍬《てんぐぐわ》というものです。『てんぐのしゃっくり、ひょっ、ひょっ、ひょっ』と言いながら振ると、十倍の力が出るといいます。弥兵衛さん、これで庄屋の頭をお殴りください。一撃で、絶命するでしょう」

女は冗談を言っているようには見えんかった。

「そんなことをしたら、おらは捕まっちまう」

「死体を首尾よく隠せば大丈夫です」

「そんなこと、できるもんか」

「つうには、天気を読む力があります。今夜から降る大雪は、明日の夕方まで続き、その後しばらくは雪は降ったりやんだりでしょう。これを利用するのです。天狗鍬を使えば、土も深く掘れましょう」

「雪が降るのならなおさら無理だ。足跡が残っちまう」

つうは、妖しく微笑んだんじゃ。

「お母上の使っていた機《はた》がありますね。つうがそれで反物を織り、着物を拵《こしら》えます。それを着て、隠しに行くのです」

どういうことかと首をかしげる弥兵衛に向かい、つうはさらに言うのじゃった。

「つうの織る反物は、身にまとう者の体を風のように軽くしてしまう力があります。これを着て軽くなった体で雪の上を歩けば、雪は沈まず、足跡は残りません。ただ、弥兵衛さんと、庄屋の死体と、二人分の反物が必要です。それを着物に仕立てなくてはいけませんので、二晩、いただきたいのです。庄屋を殺《あや》めたあとはしばらく、障子の奥の部屋の襖の向こうにでも隠しておく必要がありましょう」

どんどん話を進めるつうに、弥兵衛は呆気に取られておった。夢でも見ておるのかと思ったほどじゃった。

「明日、庄屋が来たときに実行しましょう。つうは居合わせるとまずいので、屋根の上で聞いていることにします。こつこつこつ、こつこつこつと、三回ずつ、間を開けて二回戸を叩いたら、つうだと思ってけっこうです」

「しかし」

「迷っている場合ではございません。庄屋が、憎くはないのですか」

黙っていると、つうは詰め寄ってきたんじゃ。

「つうさん、あなたはいったい、何のためにこんなことをするんです」

弥兵衛の問いに、つうははっきりと答えた。

「恩返しでございます。つうには、これしかできませんから」

そう言うつうの目の奥には、未《いま》だ目にしたことのないほどの暗い陰があった。弥兵衛はわかったのじゃ。この、つうという女も庄屋に何らかの恨みを持っているのじゃと。

「わかりました」

見えない力に誘われるように、弥兵衛はうなずいた。つうは嬉しそうに微笑むと、障子を開け、奥の間へと入った。弥兵衛はただそれを見送るだけじゃった。

「つうがいいと言うまで、何があってもこの部屋の中を覗いてはいけませんよ」

障子は閉められた。

つうはいったい、庄屋にどんな恨みを持っているのじゃろう。冷たい囲炉裏の脇に座る弥兵衛の疑問に答えるべくもなく、とんとんからりん、とんからりんと、機を織る音は響きはじめたのじゃった。

【一、へ戻り、三、五、七、と読んでいく】

# 密室龍宮城

一、

むかしむかしあるところに、浦島太郎《うらしまたろう》という、たいそう気立てのいい漁師の若者がおりました。太郎は年老いた母と二人で暮らしておりました。ある日の朝、太郎はいつものように魚を釣りあげ、家へ帰ろうと浜辺を歩いていました。すると、五人ほどの子どもたちが何かを囲んでいるのが見えました。子どもたちは、一匹の亀を棒でいじめていたのです。

「やーい、のろまのろま」「かおを出してみろ、やーい」

「これこれ、子どもたち」

太郎はたまりかねて声をかけました。

「そんなことをしたらかわいそうじゃないかね。どれ、ここに、さっき釣ったばかりの魚がある。これと、この亀とを交換してはくれないだろうか」

太郎は、びくを子どもらに差し出しました。子どもらは顔を見合わせました。いちばん年上らしい男の子が太郎のびくをひったくると、逃げるように走っていきました。ほかの子どもらも追いかけるように去っていきます。

「まって」

いちばん小さな男の子が、何かを投げ捨てていきました。それは、薄桃色の、小さな貝のようでした。亀がばたばたと砂を散らしながら、貝に向かって這《は》い寄り、大事そうに拾いました。亀は短い首をぐいっとまげて太郎のほうを向くと、「助かりました」と女の声で言いました。太郎は驚きました。

「亀よ、お前は人の言葉をしゃべるのか」

「私はただの亀ではありません。龍宮城《りゅうぐうじょう》の乙姫《おとひめ》様にお仕えする者です」

龍宮城のことは、幼い頃に母から聞いたことがありました。海の底にあり、美しい乙姫様と、それに仕える海の生き物たちが楽しく暮らしているお城です。太郎は他愛もないおとぎ話だと思っていたのですが、人の言葉を話す亀を目の前にして、本当なのだと信じました。

「お名前を教えてください」

亀が太郎に訊きます。

「浦島太郎という」

「浦島さん。助けてくれたお礼に、あなたを乙姫様に会わせたく思います。龍宮城へお連れしましょう。この、ととき貝を、私の甲羅の真ん中にあるくぼみに押し込んでもらえますでしょうか」

とときの貝。このおかしな名前の貝のことも、母から聞いたことのあるような気がしましたが、よく思い出せません。太郎が甲羅を見ると、たしかに真ん中にこの貝がはまるくらいの小さなくぼみがあるのです。太郎は、貝をくぼみに押し込みました。亀は四つの足を動かし、波打ち際のほうを向きました。

「浦島さん、私の背中に乗ってください」

太郎が甲羅にまたがると、亀はずるずると波打ち際へ進んでいきます。太郎は慌てて降りようとしますが、まるで尻を膠《にかわ》で貼りつけられたように、甲羅から離れることができません。

「おいおい、亀よ」

「大丈夫です」

ひときわ大きな波がやってきました。太郎は亀ごと、その波に呑まれていきました。

二、

それはまったく、不思議なことでした。亀は太郎を乗せたまま、ぐんぐんと海の底に向かって泳いでいきます。太郎の顔や体には、水が風のように押し寄せてくるのですが、まったく息苦しくないのです。それどころか、魚や烏賊《いか》、海草など、普段は見ることのできない海の中の光景が美しく、楽しいくらいです。

「どうして、息ができるのだ」

「ととき貝のおかげです」

亀は答えました。

「この貝には不思議な力があり、まあるい泡のようなものを作るのです。水を防いでくれるわけではないのでしょうが、この泡の中にいる限り、息も、お話も、不自由しないのです」

そういえば、母はそんなことを言っていたかもしれません。太郎が手を伸ばすと、何かに触れた感覚はないのですが、膜のようなものをすり抜けて、外に手が出たような感じでした。中に入っているとわかりませんが、たしかに亀と太郎は、泡のような玉に包まれているのでした。

小さな魚たちが群れをなして泳いでいます。どれだけ深くもぐったのでしょうか。本当に、夢のような心地です……。

「ほら、見えましたよ」

やがて海の底にぴったりくっついた、ぼんやりと光るくらげの傘のような半分の玉が見えました。玉はだいぶ大きく、中に壁全面を珊瑚《さんご》で覆われた、立派な二階建ての建物が見えました。建物の角は、玉の縁すれすれのところにあるようでした。

「たらばさん、たらばさん」

立派な鉄の扉の前までたどり着くと、亀は呼びかけました。扉の脇の壁の、小さな窓が開きました。顔を覗《のぞ》かせたのは、赤ら顔で目のぎょろりとした男でした。

「おお、亀ではないか」

その目が優しげになります。

「その人間は何者だ」

亀は男に、浜辺であったことを話しました。

「ふうむ。それはたしかに、乙姫様に会ってもらわねばなるまい。少し待つがよい」

たらばと呼ばれた男は引っ込みました。やがて、ぎぎ、と音がして門が開きました。そこには、たらばが立っていました。いぼだらけの真っ赤なよろいかぶとに身を包み、同じくいぼだらけのさすまたを携えています。髭《ひげ》だらけの顔、太い手足。毘沙門天《びしゃもんてん》をさらに力強くしたようなその厳《いか》めしい姿に、太郎は思わず身震いしてしまいました。

たらばが門を閉める音を後ろに聞きながら、亀は太郎を乗せたまま、すいと入っていきます。白い玉砂利《たまじゃり》の敷かれた空間でした。ここが玄関なのでしょう。目の前には、漆《うるし》を塗ったような黒い両開きの扉があります。

「浦島さん、もう降りていただいてけっこうです」

太郎は亀の背中から降りました。身の回りは海の水に満たされていますが、立って歩くのも動き回るのも、まるで陸《おか》と同じふうにできるのでした。

「参りましょう」

ふと見ると、そこにはもう亀の姿はなく、十六、七ばかりの美しい娘の姿がありました。太郎は言葉もなく驚きました。

「龍宮城の門を入ると、海の生き物と人と、どちらの姿にもなることができるのです。たいていは皆、人の姿ですごしております」

そう言われてみれば、黒目がちな瞳に面影はありますし、着物や、肩から掛けている絹のような布の緑色は、あの甲羅を思わせます。よく見れば、娘の額には一寸ばかりの傷があります。浜辺で、子どもらに叩かれたときにつけられたものでしょう。亀は小首をかしげるようにして微笑むと、黒い扉を開けて入っていきました。太郎も誘われるように、それを追います。

油で磨いたようにぴかぴかの、黒い石でできた床が広がっています。正面には赤い柵があり、黒い床はそのまま、左右に延びる廊下となっています。赤い柵の向こうには、中庭が広がっていました。

なんと珍しい庭なのでしょう。一面に敷き詰められているのは、まぶしいほど輝く真っ白い砂。珊瑚や美しい貝で飾られ、海草が揺れています。ひときわ目立つのは、大きなときき貝の置かれた中央の白い台と、それを囲む四つの岩です。赤、黄色、紫、緑色……まばゆいばかりに光を放っています。

「あれは柘榴石《ざくろ》、あちらは黄玉《おうぎょく》、紫水晶《むらさきすいしょう》に、翡翠《ひすい》です」

亀の口からは、太郎の聞いたこともない石の名前が出てきます。

「あの白い台は大理石です。あそこがちょうど龍宮城の中央になります。あの、大ときき貝による泡が、龍宮城全体を包んでいるのです」

それで太郎はようやく合点がいきました。くらげの傘のように見えていたあの膜が、ときき貝による泡だったというわけです。

そのとき、太郎の足元で何かが動いた気がしました。床が、がさがさと動いています。なんだなんだと思っているうちに、小さな泡を立てながら、十四、五歳ばかりの、黒い着物を着た、顔の左側に二つの目が寄った女の子が現れました。太郎は思わず、尻もちをついてしまいました。

「平目、いたずらはよしなさい」

亀がたしなめました。平目という魚が、砂の色に合わせて体の色を変えることができるということは、漁師である太郎も知っていましたが、こんなに目の前でそれを見たことはなかったのでした。

「亀、どうしたの、そんなふうになってしまって」

平目は怒られたことなどまるで意に介さず、亀の顔を見つめます。額の傷を心配しているのでしょう。

「心配はないわ。それより平目、乙姫様はどこにいるの」

「春の間にいるわ」

「ありがとう。浦島さん、こちらです」

亀は太郎を連れ、左へと進んでいきます。ある部屋の前まで来ると、白木で造られた観音開きの戸を開けました。中庭と同じように白い砂が敷き詰められた、一畳ほどの間でした。襖《ふすま》があり、その奥から何やら楽しげなお囃子《はやし》が聞こえてきます。

亀は「失礼します」と襖を開きました。

それはまさに、春の光景でした。清らかな流水のほとりに青々とした芝が生い茂っています。桜の木が数十本あり、今を盛りと満開になっています。ひときわ太い桜の木の下では一人の剽軽《ひょうきん》な顔をした男がくねくねと踊っており、十四、五の女子《おなご》たちが三人、きゃっきゃと囃《はや》し立てながら飛び回っているのでした。少し離れた岩に、紫色の高貴そうな着物を着た細面《ほそおもて》の若者と、真っ赤な着物を着た十八ほどの女性が座って女の子たちの踊りを見ています。

太郎の目をもっとも引いたのは、緋毛氈《ひもうせん》に座り、きらびやかな衣装を身にまとった髪の長い女性でした。そばに六つほどの男児が寄り添い、大きな扇子《せんす》であおいでいます。

「乙姫様」

亀が声をかけると、緋毛氈の女性はゆっくりとこちらを向きました。紫色の着物を着た若者と、赤い着物の女性もこちらを見ます。男も女子たちも踊りを止めました。

「まあ、亀。浜辺で大変な目に遭ったのですね」

乙姫様は、口元に手を当てました。白い肌に、星のように輝く二つの目。鼻は大きすぎず、その唇は桜貝のように可憐《かれん》です。

「こちらにいらっしゃる浦島太郎さんが、私のことを助けてくれたのです」

亀が事情を話すと、乙姫様は立ちあがり、太郎に向かって頭を下げました。

「私の大事な亀を助けてくださいまして、本当にありがとうございました。お礼と言っては何ですが、おもてなしをさせていただきたく存じます。この龍宮城に、お好きなだけおとどまりください」

「は、はい……」

太郎は雷に打たれたように、背筋を伸ばして答えました。ひと口に言って、太郎はこの、夕凪《ゆうなぎ》の清らかさと深海の優美さを併せ持った女性に、すっかり魅了されていたのでした。

「わかし、すぐに鮟鱇《あんこう》や秋刀魚《さんま》たちに、宴《うたげ》の準備をするようにと言ってくるのです」

扇子であおいでいた男児はぴょこりと立ちあがると、

「御意にござりまする」

舌足らずの声でそう言い、ぴょこぴょことした足取りで春の間を出ていきます。なんとも愛らしい姿でした。


乙姫様と龍宮城の生き物たちはその夜、太郎のために宴を開いてくれました。酒も料理も美味《おい》しかったのですが、目を見張るべくは、その多彩な芸でした。鯛《たい》や平目、めばるに蝶々魚《ちょうちょううお》といった女子たちは可愛らしく踊り、赤い着物を着た伊勢海老《いせえび》のおいせは、大人の香りを漂わせる舞を披露しました。紫色の着物の若者は海牛《うみうし》で、優雅な手妻《てづま》を見せてくれました。鮟鱇や秋刀魚や鰯《いわし》の笛太鼓、かわはぎの早変わり芸、蛸《たこ》の剽軽な踊り、雲丹《うに》の曲芸、海鼠《なまこ》の落語……珍しい見世物は尽きることを知らず、時間がいくらあっても足りないほどでした。


宴は丸一日続き、太郎は笑いに笑い、おおいに楽しみました。

ですからこのあと、あんなにひどい事件が待ち受けていたことなど、太郎は知るはずもなかったのです。

三、

龍宮城は二階建てで、上から見ると中庭を囲む真四角の形をしているようでした。門番で用心棒のたらばが守っている玄関は、ちょうど南に位置しています。一階は日々、ここに住む生き物たちが遊ぶ場となっており、二階はそれぞれの居室が並んでいるというのです。

太郎が通されたのは、二階の南東の端の客間でした。新品の畳の上に、ふかふかの布団が敷いてあります。丸一日の宴の後で疲れているはずが、太郎は興奮もあってまったく眠くありませんでした。しかしこれでは体が持ちません。目を閉じ、楽しかった宴を回想しているうち、ようやくまどろんできました。

そのとき、部屋の外で誰かの悲鳴が聞こえた気がしました。太郎は飛び起き、廊下へ出ました。黄色いおべべを着た女子が、泣きべそをかきながらこちらへ走ってくるのでした。蝶々魚でした。

「おやおや、どうしたのだ」

太郎が訊ねると、蝶々魚は太郎の前で止まりました。

「蛸のお兄さんが怒っているのです」

宴では剽軽な芸を披露した蛸は、話も面白く、なんとも気持ちのいい男でした。それが、なぜ怒っているというのでしょう。

「亀が、お兄さんの大事にしている壺《つぼ》を割ってしまったの」

蝶々魚によれば、蛸の居室である北東の隅の部屋は少し広いので、日々、女子たちがそこに集まって踊りの稽古をすることが多いのだそうです。宴が終わって興奮冷めやらぬ皆はそこに集まり、いつものように稽古をしていたのですが、亀が誤ってその壺を落として割ってしまったということなのでした。蛸は真っ赤になって怒り、暴れ出しました。廊下の向こうを見ると、蛸の部屋の前で、鯛や平目やめばるがおろおろとしています。

「ぎゃっ！」

蛸の部屋から真っ黒な塊が飛び出てきました。それは、人の姿になった亀でした。太郎は廊下を走り、亀を抱き起こしました。その手には、べっとりと墨がついてしまいました。

「亀よ、大丈夫か」

部屋の中を見ると、蛸があたりかまわず墨を吐き散らしたようで、真っ黒になっていました。鯛や平目たちが逃げ惑います。

「蛸や、やめるのだ」

〈龍宮城見取り図〉

一階

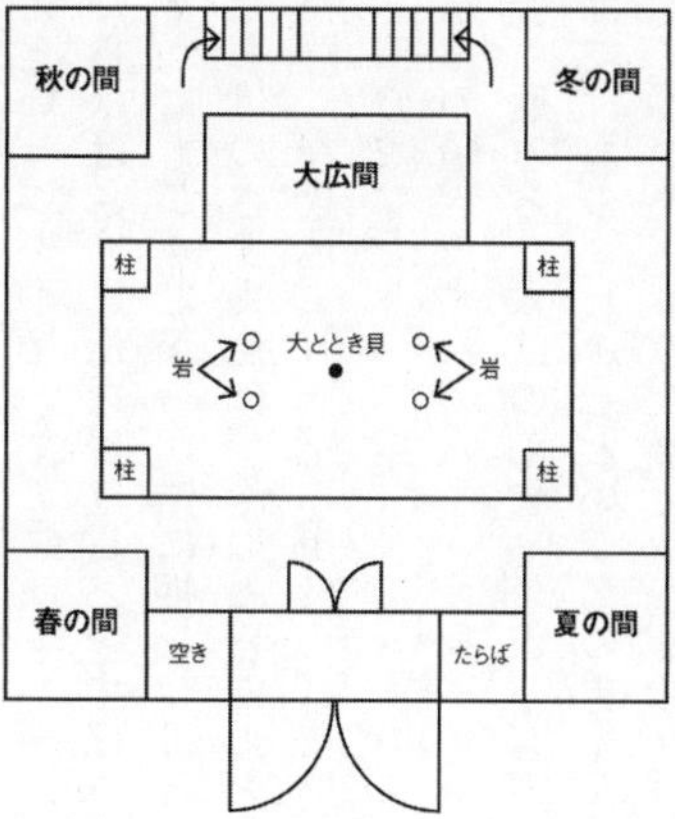


二階

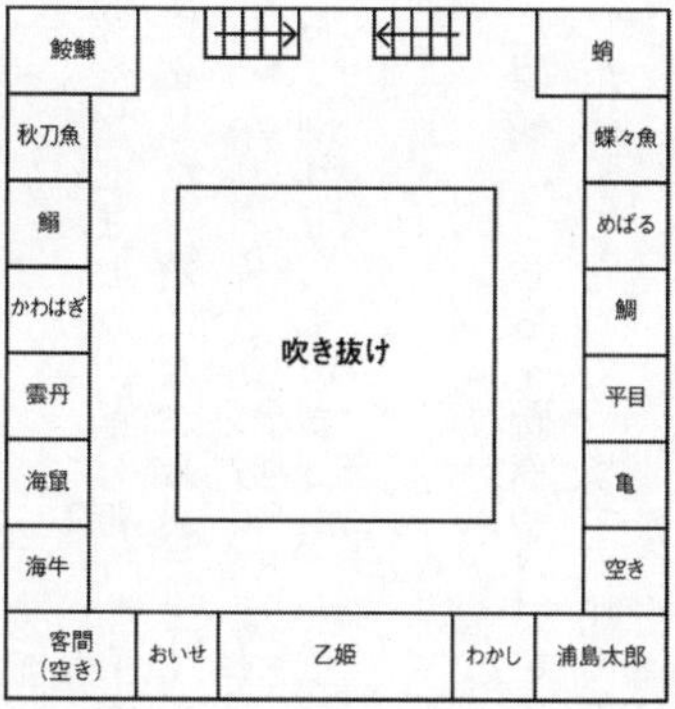

太郎は蛸を説得しにかかりましたが、真っ赤な蛸はまるで言うことをききません。

どすどすどすと、力強い足音が聞こえたのはそのときです。階段を上り、北の廊下を足早にやってきたのは、赤いよろいを身につけ、赤いさすまたを手にした屈強な男、門番のたらばでした。蛸はものすごい勢いで、廊下へ出てきました。

「ええい、こいつめっ」

たらばはさすまたを掲げると、すばやく蛸へと突き出しました。蛸は喉を取られ、苦しそうにもがきながら、壁に押しつけられてしまいました。蛸はなおも暴れますが、いぼだらけのさすまたは、そのぬらぬらとした体もしっかりと押さえつけています。二人の格闘に巻き込まれ、壁に掛けられていた鏡が落ち、割れてしまいました。女子たちが泣き叫びます。

「なんの騒ぎです」

振り返ると、太郎の泊まっている客室の前で、乙姫様がこちらを睨《にら》みつけていました。そばにはあの、わかしという名の男児がおどおどした様子で立っています。蝶々魚が乙姫様に近づき、事の次第を話しました。

「なんと、浦島様の前で情けない。たらば、蛸を懲罰の岩部屋に閉じ込めてしまいなさい」

「はっ、かしこまりました」

蛸は乙姫様の言葉を聞いて、なおも激しく身をよじらせますが、たらばはむんずとその体を摑《つか》み、どすどすと廊下を歩き、階段を下りていきました。

「皆の者、今日の踊りのお稽古は中止です。お部屋へ戻りなさい」

乙姫様が告げると、皆は素直に従いました。彼女たちの姿がすっかり見えなくなると、乙姫様はわかしを見下ろしました。

「わかし、あなたはこの蛸の部屋をきれいに掃除しておくのです」

「御意にござりまする」

舌足らずな声で答えると、「道具を取ってまいります」と、ぴょこぴょこ廊下を走っていきました。乙姫様は、この健気《けなげ》な男児を一番信用しているのかもしれません。

「浦島様、お見苦しいところをお見せしました」

乙姫様は太郎の顔を見ました。

「いえいえ」

「お詫《わ》びに、私の部屋へいらしてください」

「えっ……」

「二人で、お話ししとうございます」

そのうるうるとした瞳に、太郎は吸い込まれそうになりました。このような美しい女性の誘いを受けて、断れる男がいるでしょうか。

乙姫様の部屋は二階の南の中央、ちょうど玄関の上に位置していました。他の生き物たちの部屋よりも大きいその部屋は珊瑚が敷かれた床の中央に、あこや貝の寝台が置かれているのでした。

「どうぞ」

太郎は誘われるまま、その寝台に乗りました。そして、乙姫様の膝枕を許されたのです。もはや太郎の心は乙姫様のものでした。こうして二人でいると、太郎は深い安心感に包まれるのでした。

「浦島様……どうぞお休みください」

それはまるで、夜の浜辺の波音のように清廉な響きでした。もうこのまま、一生この龍宮城で暮らしてもいい。太郎はいつしか、そんなことを思うようになっていました。陸に戻れば、もう二度とこの龍宮城へ戻ってくることはできないかもしれない。鯛や平目たちの可憐な踊りも、美味い食事も、この美しい女性も、夢のように泡のように消えてしまうのではないでしょうか。

夢のように……。泡のように……。

## 四、

誰かの声がした気がして、太郎は目を開けました。乙姫様の膝の上に、頭が乗っています。はっとして身を起こします。

「これは失礼なことを。私はどれくらい、眠っていたでしょうか」

「さあ。三刻（六時間）ばかりでしょうか」

「そんなに……」

「あれだけ長く宴をしたあとですもの」

乙姫様は優しく微笑みます。そのとき、やはり声が聞こえてきました。夢ではなかったようでした。大人の男が、泣いているようです。

「誰の声でしょう」

太郎が訊ねたそのとき、扉が激しく叩かれました。乙姫様はあこや貝の寝台から降りて、扉を開きました。

「ああ、あああ、あああ……！」

飛び込んできたのは、上半身は裸、下半身も小さな布を巻いただけの一人の男でした。年の頃は三十か、ひょっとすると四十を超えているかもしれません。宴の席では見なかった顔です。目は真っ赤で、顔じゅうにびっしょりと汗をかき、口をぱくぱくさせて何かを訴えようとしているようでした。

「あなたは、誰です？」

乙姫様の問いに、太郎はびっくりしました。乙姫様が知らない男が、この龍宮城にいるわけはありません。

すると突然、男は乙姫様の両肩をぐわっと摑みました。

「ああ、あああ、あああ……！」

「いやっ」

唖然《あぜん》としていた太郎ですが、乙姫様の声に我に返り、男に飛びかかります。

「こら、やめなさい」

事情はわかりませんが、不審な侵入者です。太郎は男を乙姫様から引き剝《は》がしました。勢い余って、男は廊下に倒れ込みました。

「ああ、あああ……」

男は起きあがる様子もなく、目からぽろぽろと涙を流し、天井を見上げたままです。いったいこの男は、何者なのでしょう。

「乙姫様！」

そのとき、東の廊下の角を曲がり、二つの人影が駆けてきました。赤いよろいのたらばと、黄色い着物の蝶々魚です。

「……誰です、こやつは？」

二人は、倒れている男の前で立ち止まり、不思議そうに男を見下ろしました。

「わかりません」

「あ、あああ、あああ……」

男は、なおも声を上げます。

「今すぐ追い出しなさい」

「は、……はい、わかりました。来い、曲者《くせもの》め！」

乙姫様に言われ、たらばは男の腕を摑んで無理やり立たせました。

「それはそうと乙姫様、大変です」

蝶々魚が叫びます。泣いているようでした。

「今度はいったい、何だというのです？」

「おいせ姉さまが死んでいるのです」

蝶々魚は言いました。

「なんですって？」

「冬の間の、かまくらの前に倒れているのです。首には昆布が巻きついて……」

太郎は聞きながら、背筋が凍りつくような感覚に見舞われました。

「おいせは、自ら命を絶ったようです」

曲者の腕を摑んだままのたらばが言いました。

「とにかく、いらしてください」

＊

龍宮城の一階は、四隅に四季の間があります。

南西にあるのは、太郎が初めて乙姫様とあいまみえた春の間、南東にあるのは青草生い茂る夏の間、北西にあるのは紅葉の美しい秋の間、そして北東にあるのは常に暗黒の雪景色に覆われた冬の間です。

おいせの死体は、その冬の間のほぼ中央に置かれたかまくらの前に、赤い着物を着た姿のまま仰向けに横たえられていました。首には、たしかに水に濡れた昆布が二重に巻きついており、おいせは両手で昆布の両端を握っていました。自分でその首を絞めたように見えます。

「おいせ姉さま……！」

おいせのそばで泣き崩れているのは鯛でした。

「いったい、なぜこんなことに」

乙姫様が悲しそうに、おいせの黒髪を撫《な》でました。

「おいせ姉さまは、悩んでいたのです」

平目が言いました。そのおべべは、死んだおいせの着物と同じく真っ赤でした。

「いつまでも、この龍宮城でぬくぬくと暮らしていていいのだろうか。厳しい大海へ出て、自分を試すことをしなくていいのだろうかと。私たちは、おいせ姉さまを引き止めていたわ。板挟みになった姉さまは、こうして自ら……」

「違うわ！」

平目の言葉を遮り、鯛が振り向きました。恨めしそうに平目を睨みつけます。

「おいせ姉さまは、強いお方よ。どんなに悩んでいたって、自ら首を絞めて死ぬなんて、そんな弱いことはしないわ。おいせ姉さまは、誰かに殺されたのよ」

がらんどうの冬景色と相まって、鯛の言葉は冷たくその場を支配しました。

「それに、おいせ姉さまは私に約束したもの。一緒に珊瑚の首飾りを作るって」

鯛は涙ぐみながら続けます。

「私との約束を果たさないまま、死んでしまうわけがない……」

「でも」

口を挟んだのは蝶々魚です。

「私たちがおいせ姉さまを見つけたとき、出入口の戸は、内側からかんぬきがかけられていたじゃないの」

「おう、そうだそうだ」

野太い声がしたので、皆は振り返りました。出入口を塞《ふさ》ぐように、たらばの大きな図体がありました。曲者を龍宮城から追放したようで、冬の間へ戻ってきたのでした。

「おれが、この戸を壊すまで、中には誰も入れなかったはずだ。つまり、おいせはこの寂しい冬の間に自ら閉じこもり、かんぬきをかけ、果てたということだ」

「ひどい、ひどいです……」

乙姫様は、なんとも悲しそうな顔で目を伏せます。その仕草が、太郎の胸を打ちました。なんとかこの人の助けになりたい。助けになれなくても、そばにいてあげたい。心の底から、太郎はそう思うのでした。

「あまりにも、ひどすぎる……」

乙姫様はそう言って、冬の間を出ていきました。誰も、その背中に声をかけることができず、追いかけることもできませんでした。乙姫様が去ってから、重い沈黙が冬の間を支配しました。

「これは、乙姫様を悲しませると思って言えなかったのだけれど……たらばを呼びに行く前、私がこの戸に耳を当てたのを覚えている？」

しばらくして、亀が口を開きました。蝶々魚に訊いているようです。

「ええ、覚えているわ」

「そのとき、かすかにおいせ姉さまの声が聞こえたの。『やめて……』って言っていたような」

一同の顔に戦慄《せんりつ》が走りました。亀は太郎の顔を見つめました。

「やはり、おいせ姉さまは誰かに殺されたのです。浦島様、どうかその者をつきとめ、おいせ姉さまの無念を晴らしてやってください」

「えっ」

寝耳に水とはこのことです。

「どうして、私が」

「私たち海の生き物には知恵が足りませぬ。人の知恵を使って、どうか、おいせ姉さまの無念を晴らしてやってくださいまし。乙姫様のためにも」

太郎の心は決まりました。太郎は漁師です。人（ではありませんが）が死ぬという大事件を調べるなど、したことがありません。しかし、あの人のためならばやってできないことはない、と熱い思いがこみあげるのを感じるのです。

「わかった」

かくして太郎は、龍宮城で起こったこの不可解な事件の調査にあたることになったのでした。

五、

「ではまず訊きたいのだが」

太郎は冬の間で、並み居る龍宮城の生き物たちの顔を見回しました。

「この部屋には、あの白木の戸と襖の他に出入りできるところはないか」

「あ……」

めばるが何かを思いついたようですが、

「いや、あそこは無理よ」

蝶々魚がすぐさま打ち消しました。めばるも「そうね」とうなずいています。

「どうしたのだ」

「実は奥の壁に、外界に通じる窓が一つ、あるにはあるのですが、外にはびっしりと珊瑚が張りついているので、開けることはできないのです」

亀の背中に乗って龍宮城へやってきたとき、建物の壁がほぼ珊瑚で覆われているのを見たことを、太郎は思い出しました。

「龍宮城ができた大昔には開けることができたのですが、先代の龍王様が、珊瑚を張り巡らしておいた方が美しく、また曲者も入ってこないだろうと言ったそうです」

〈冬の間 拡大見取り図〉

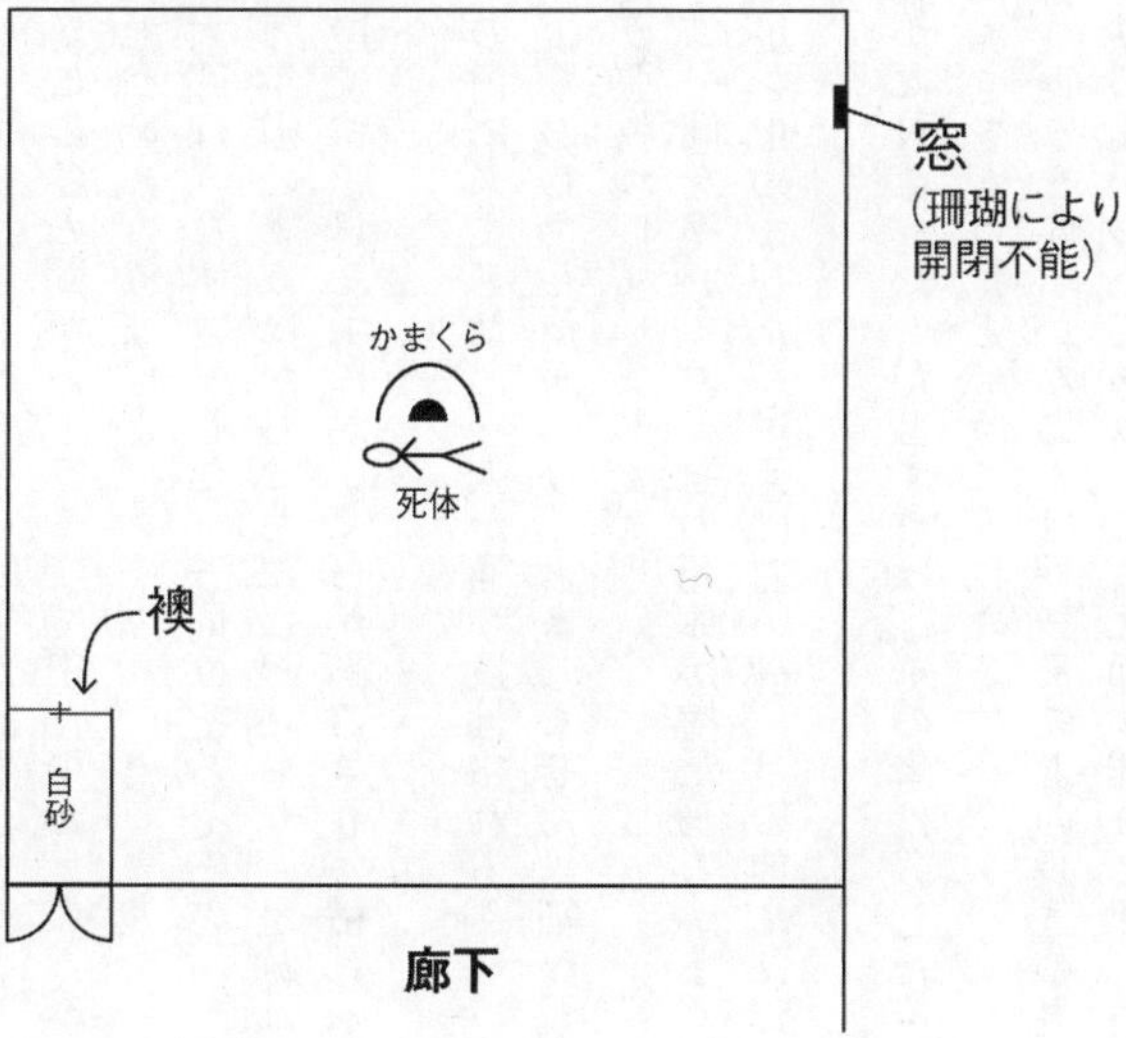
窓
（珊瑚により
開閉不能）
かまくら
死体
襖
白砂
廊下

曲者という言葉に、あの上半身裸の男のことが頭をよぎりましたが、とにかく今は、おいせを殺した者がこの冬の間からどうやって出たのかという謎を解くほうが先です。

「窓のほう、おたしかめになりますか」

鯛が言うので、太郎はうなずきました。一同はぞろぞろと、がらんどうの雪の中を歩きました。雪は、万年雪のようにかちこちになっており、足跡は残りません。春の間に比べ、殺風景な部屋です。真ん中にかまくらがあるきり、枯れ木一本ない、真っ暗な雪景色なのです。

一同は、黒い壁の角に来ました。一人が通り抜けられるくらいの窓があります。太郎は力を込めて開けようとしましたが、びくともしません。細い覗き穴の外には、たしかにびっしりと珊瑚が張りついていました。

太郎はあきらめ、一同を率いておいせの死体が横たわるかまくらの横を通りすぎ、襖を開け、戸の前で足を止めました。足元は白い砂、目の前にはたらばが壊した白木の戸があります。

「おいせさんが誰かに殺されたのだとすれば、その者は殺した後ここを出て、何らかの手立てでこのかんぬきをかけたということになる」

太郎は一同を振り返ります。かんぬきは、一尺ほどの長さの丸い棒です。左右の扉にそれぞれ一つずつ鉄の輪がついており、これに通す作りです。戸は、今は蝶番《ちょうつがい》が壊されて外れていますが、もともとは枠にぴったりはまるようにできており、閉めてしまえばすこしの隙間もありません。外からこのかんぬきをかけるのは、まったくできないように思えます。不安な沈黙でした。

「よし」

太郎は、一同を安心させるように言いました。

「一人ずつ事情を聞こう。最後に生きているおいせさんを見たのは誰なのか、おいせさんが殺されたであろう頃にどこにいたのか、包み隠さず話してもらおう」

龍宮城の生き物たちは不安げな表情で、お互いの顔を見合わせるのでした。

＊

太郎による龍宮城の生き物たちの聞き取りは、春の間で行われました。実は春の間では、鰯、秋刀魚、鮟鱇、かわはぎの四人が花見の宴を開いていたのですが、たらばが強く迫って解散させられていました。ちなみにこの四人は、事件のあった時間もずっと宴を開いていたので、おいせを殺すことはできません。

満開の桜がはらりはらりと舞い落ちていきます。部屋の中なのに陽光おだやかでぽかぽかとしており、眠くなりそうですが、そういうわけにはいきません。

「たらばが蛸を捕らえて、懲罰の岩部屋へ運んでいき、乙姫様が私たちに部屋に戻るように言ったのは、覚えておいででしょう」

はじめの聞き取りの相手は、亀でした。亀は、ぽつりぽつりと話していきます。子どもらに殴られた額の傷は癒《い》えたようでした。

「あのあと、私たちは言いつけどおりにそれぞれの部屋に戻ったのですが、しばらくして、めばるが私の部屋にやってきて、『やっぱり踊りのお稽古をしましょうよ』と誘うのです。私もお稽古をしたくてしょうがなかったので、まずおいせ姉さまを誘おうと、二人で姉さまの部屋へ行ったのです。ですが、戸を叩いても返事がありませんでした」

そのときすでに、おいせは冬の間で死んでいたというのでしょうか。太郎は考えながらも、先を促します。

「しかたがないので、鯛と蝶々魚を誘いました。平目も誘おうとしたのですが、姿が見えませんでした。私たち四人は、一階の空いている部屋に行こうということに話がまとまりました。まず春の間を覗いたのですが、鮟鱇兄さんたちが花見をしていて、追い返されてしまいました。夏の間は雲丹と海鼠の兄さん二人が甲羅干しをしていましたし、もとより暑くてあそこでは稽古ができません」

雲丹と海鼠の二人も宴の後、ずっと一緒にいたので、おいせを殺すことができないことは明らかになっています。

「秋の間では海牛さんが俳句を詠《よ》んでいました。その横でお稽古ができぬわけでもないのですが、蝶々魚が恥ずかしがるものですから」

「なぜ恥ずかしいのだ?」

「浦島様、蝶々魚は、海牛さんのことが好きなのですよ」

龍宮城の生き物たちのあいだにも、いろいろな関係があるものです。太郎は、それについては詮索《せんさく》をしないことに決めました。

「それで、冬の間で稽古をしようということになったのだな」

「はい。ところが、冬の間の戸が開かないのです。あの戸にはかんぬきがありますが、今まで一度だって閉められたことはなかったのです。中の様子をうかがおうと戸に耳をあててみると、おいせ姉さまの苦しそうな声がしたのです。私は、蝶々魚たちと共に玄関からたらばを呼んできて、戸を叩きました。中からは返事がなかったので、たらばがさすまたで戸を打ち破りました。襖を開けるとかまくらの前に……」

亀は声を詰まらせます。

「おいせは『やめて』と言っていたのだな?」

「……はっきりとそう言っていたかは、実は自信がないのです。しかし、苦しそうでした」

「そのときお前と居合わせたのは、蝶々魚、鯛、めばる、たらばの四人だな」

「はい。……あ、いえ。平目もです」

「平目？　平目は姿が見えなかったと言ったではないか」

「私たちがおいせ姉さまの体を揺すっていると、出入口から『何かあったの？』と入ってきたのです」

「それまで平目はどこにいたのだ？」

「わかりません」

亀は首を振ります。太郎は、次に事情を聞く相手を平目にしました。

＊

「平目よ、蛸の騒動があったあと、亀やめばるが踊りの稽古に誘いに行ったとき、お前は部屋にいなかったということだが、どこにいたのだ」

平目は、顔の片方に寄った目をきょろきょろさせ、体をもじもじさせながらしばらく考えていましたが、やがて答えました。

「実は……、海牛さんを見ていたのです」

「海牛さん？」

「やることがなく、部屋を出て一階へ下りると、秋の間の近くで海牛さんが柵にもたれ、中庭を眺めているのが見えました。私はとっさに身を廊下と同じ色にして、海牛さんを見ていました」

蝶々魚だけでなく、この平目も、美顔の海牛に思いを寄せているようです。

「海牛さんは、中庭を見て不思議そうに首をかしげていましたが、やがて秋の間に入っていきました。私も追って入り、落ちている紅葉の色に身を染めて隠れ、海牛さんを見ていたのです。俳句を考えている海牛さんの姿は、それは素敵でした。しばらくしていると、遠くから何かが壊されるような音、ついで悲鳴のようなものが聞こえた気がしました。私は何事かと廊下へ出て、冬の間のほうへ足を向けました。冬の間の戸は壊されていて、中へ入ると、おいせ姉さまが倒れていたのです」

ここから先は、亀の証言と一緒であった。

「おいせを殺すほど憎んでいた者に心当たりはないか」

「ありません。……いえ、本当はあるのですが、その方はもうずいぶんと前においせ姉さまと大喧嘩をして、乙姫様の怒りを買い、龍宮城を出ていってしまったのです」

それではその者には、おいせは殺せないでしょう。太郎はそれ以上、平目に訊くのをやめました。

＊

「いかにも、私は中庭を眺めていましたよ」

緋毛氈に座った海牛は、流れるような黒髪を梳《す》く仕草をしながら答えました。女性のような顔つきで、その声も透き通るような美青年です。

「いえね。いつもなら中央の大ととき貝の台と、それを囲む岩との均衡が美しいのですが、あのときに限って台と岩の配置がおかしい気がして。誰か中庭の模様替えでもしたのかと思っていたのですが、さっき見たらいつも通りでした。気のせいだったようです」

何がおかしいのか、ははは、と海牛は笑います。

「お前の姿を平目が見ていたのは知っていたか」

「いいえ。気づきませんでした。あの子は、床の色と同化できますから」

海牛は中庭を見ていたあと、秋の間へ入り、俳句をひねり出していたと証言しました。亀や平目の証言と一致します。

「誰か、おいせに恨みを抱く者に心当たりはないか」

太郎のこの質問に、海牛は明らかに気分を害したようでした。

「この龍宮城は、誰もが羨《うらや》む理想郷です。みんな仲良く暮らしています。そのようないがみ合いとは縁遠いのです。私のために、誰も争ってほしくはないのです」

最後の一言は何なのだろう、と太郎は思いました。どうもこの青年は、顔はきれいなのですが、話がちぐはぐで信用できないところがあります。

＊

その後の聞き取りは、蝶々魚、めばる、たらば……と進み、龍宮城のほとんどの生き物について行われました。

「やあ……先刻は、みっともないところを……。へえ、おいらで、最後みたいです」

やってきた蛸は、ひょろ長い手ではげ頭をぴちゃぴちゃ叩きながら、ばつが悪そうに笑います。最後というところに、太郎はひっかかりました。事件が起こってからというもの、部屋にこもりっきりになっている乙姫様がやってこないのは別として、他にもう一人くらい住人がいた気がしていたのです。

「浦島の旦那《だんな》、どうかしましたか」

考えていると蛸が話しかけてきましたので、太郎はとりあえず、蛸の話を聞くことにしました。

「蛸よ。お前は、事件があったあいだ、ずうっと懲罰の岩部屋なるところにいたのだな？」

「ええ、そりゃもう。たらばのやつめ、力が強いもんだから、へえ」

「それはどこにあるのだ」

「地下ですよ。階段の下に、扉があるでしょう。あそこを開けると、地下に通じる階段がありまして、その下にじめじめした、陰気な岩部屋があるんですよ。へえ」

蛸は顔をしかめます。

「この龍宮城の仲間は、日々、仲睦まじく暮らしております。それでもたまに悪さをして乙姫様を怒らせると、閉じ込められてしまうのです」

「お前は今の今まで、そこに入っていたというのか」

「そうです。おいせさんが殺されたなんてもう、驚いてしまって」

一つしかない岩部屋の鍵は、ずっとたらばが持っていたと言います。蛸には、おいせを殺す機会はなかったことになります。

「蛸よ。おいせを殺したいという気持ちを持つ者に、心当たりはないか」

「いやあ、おいせさんは、あの粗暴なたらばのことが嫌いで、近づくのも嫌だと言っていましたがね」

ぴちゃりとはげ頭を叩きます。

「しかし、たらばがおいせさんを殺すとは思えねえ。それよりはその、女の子たちのほうがね。しかしまあ、……おいらはとんとその、色恋沙汰というものに疎《うと》いもんでして、へえ」

「色恋沙汰？」

「海牛をめぐる色恋沙汰ですよ。浦島の旦那も、もう二日もこの龍宮城にいりゃ、わかるでしょうよ。あいつぁ、おいらと違って色男ですから。平目だけでなく、蝶々魚も、めばるも、鯛もみんな、海牛にホの字です。しかしその中で、海牛と一番親しかったのがおいせさんでしょうねえ。他の誰よりも、大人っぽいから」

「女子のうちの誰かが、海牛を奪うためにおいせを殺したということか」

「何もそこまで言っちゃいませんよ」

しかしながら、蛸の考えはそれに近いようでした。このとき、太郎の中にひらめきが生まれたのでした。

「まあ、この龍宮城じゃ前にも、河豚《ふぐ》の一件がありましたからねえ」

太郎が考えをまとめようとしているのに、蛸は事件と関係のないようなことを言いました。

「旦那が泊まってる隣の部屋、空き部屋でしょう。あそこには河豚という太った女がいたんですがね、これが海牛に夢中になった挙句、おいせさんに毒を飲ませようとしたしないって、おいせさんと大喧嘩をしたことがありましてね」

太郎はそんなことには興味がありません。興味があるのは、今、龍宮城で起こっている事件です。

「河豚のやつはもともと、毒を使わないという条件でこの龍宮城に置いてもらっていたんでね、乙姫様の怒りを買って、追放になったんですよ。ま、おいらはあれは、濡れ衣だったと思ってますがね。……ああ、すみません、関係のない話を。おいらの話、役に立ったでしょうか」

「ああ、ありがとう」

太郎は蛸と共に、緋毛氈から立ちあがりました。推理は、組みあがっていました。

## 六、

現場となった冬の間の出入口付近には、関係者たちがおおむね集まっていました。しかしやはり、乙姫様の姿がありません。

「乙姫様はどうしたのだ」

太郎は、集まった一同を見回して問いました。蝶々魚が答えました。

「気分がすぐれないとかで、お部屋にこもっていらっしゃいます」

「わかしもいないわ」

めばるが言いました。そういえば、春の間での聞き取りに、乙姫様だけではなくわかしも現れなかったことに、太郎はようやく気づきました。

「乙姫様のそばにずっとついているのでしょう」

亀が言うと同時に、ずい、とたらばが一歩前に出てきます。

「しかたなかろう。始めてくだされ、浦島殿」

たらばは、ぎょろりとした目で太郎を睨みます。

「おいせはやはり、殺されたのか」

太郎は、大きくうなずきました。

「理由は、海牛をめぐる色恋沙汰であろう」

居合わせた女子たちが、一斉に目を伏せました。やはり皆、うすうす感じていたことと思われました。問うた本人であるたらばは、目をぎょろりとさせたまま口を結んでいます。蛸はぴしゃりとはげ頭を叩き、当の海牛だけが涼し気な顔をしています。

「その者は、踊りの稽古ならばここがよかろうとおいせを唆《そそのか》し、冬の間に招き入れ、隙を見て隠しておいた昆布をおいせの首に掛け、絞め殺した。かんぬきを内側からかけ、外に誰かの気配がしたときを見計らって声を出した。うめき声程度のつもりだったものを、亀が『やめて』と聞き違えたのは誤算だったのだろう。とにかくその者はここで、たらばが戸を壊すのをじっと待っていた」

「戸が壊されたとき、その者はまだ中にいたというのですか」

蝶々魚が口元に手をやりました。太郎はうなずきましたが、たらばが「いやいや」と首を振ります。

「おれはおいせの死体を見つけたあと、部屋の中をくまなく見て回った。見ての通り何もない部屋だ。どこを見ても、竜の落とし子一匹いなかった」

「その者は襖の奥にいたのではない。ここにいたのだ」

太郎は足元を指さしました。そこには、真っ白な砂があるばかりです。

「浦島様、何を馬鹿なことを……」

蝶々魚はそこまで言って、はっとした顔になりました。一同の目が、一斉にある者に向けられます。その者の顔面は蒼白になっていました。太郎はその顔をじっと見つめます。

「平目よ。お前がおいせを、自殺に見せかけて殺したのだろう」

「ち、違います……」

「たらばが戸を壊し、三人が襖の奥のおいせを発見するまでを、この白い砂に紛《まぎ》れることによってやりすごし、再び人の姿に戻って今来たかのように見せかけた」

「そんな、濡れ衣です！」

逃げ出そうとする平目の喉に、赤いさすまたがぐいっと当てられます。平目は壁に追いやられ、龍宮城の仲間たちがその小さな体を囲みます。

「ひどいわ、平目。何も殺すことないじゃないの」

めばるが大きな目からぽろぽろと涙を流します。鯛と蝶々魚は、頭に手をやっていやいやをするように首を振ります。亀は茫然《ぼうぜん》と平目を見ていました。

「違うわ。違うのよ」

「往生際が悪いぞ、へえ、平目。お前にしかできないだろう。かんぬきをかけた部屋の中に潜むなんて」

蛸がぴしゃぴしゃとはげ頭を叩きます。たらばが、その恐ろしい顔を平目に近づけました。

「おれは思い出したぞ。おいせが自ら死を選んだのだろうと初めに言い出したのはお前だ。おれたちの気持ちを、おいせの自害へと導こうとしていたのだろう」

そんなこと、太郎はすっかり忘れていました。しかし考えてみればこれも、平目がおいせを殺したことを裏づけているように思えます。

「平目！」「この嘘つき！」「不器量だからって、姉さまを妬《ねた》んでいたのね！」「裏切り者！」

龍宮城の生き物たちは今や、平目を口汚く罵《ののし》り、吊るしあげようかという勢いです。

「おやめなさい！」

突然響いた大きな声に、騒ぎが一瞬にして鎮まりました。廊下の向こうから、乙姫様がやってくるのでした。乙姫様はなんとも悲しそうな顔をしていました。

「浦島様。ついに真相にたどり着いてしまったのですね」

どういうことでしょう。乙姫様の口ぶりに、太郎だけではなく、他の面々も不思議そうな顔です。

「たらば、平目を岩部屋に閉じ込めておきなさい。どうするかは、追って決めます」

「はっ」

「乙姫様！」

平目の悲痛な叫びは、今や太郎の耳を素通りしていきます。乙姫様は、真相を知っていたというのでしょうか。

「浦島様。お話がございます。今すぐ、私の部屋へ」

有無を言わさぬ様子で、乙姫様はそう告げました。

＊

「私は、悲しいのです」

あこや貝の寝台の上で、乙姫様は憂いのある表情で言います。あんなに甘いときを過ごしたあの寝台に、太郎は今は、上がることを許されていません。

「父の龍王から受け継いだこの龍宮城内で、目もあてられぬような醜い争いが……」

乙姫様は、平目がおいせを殺したことに気づいていたのですか」

乙姫様は、潤んだ瞳で太郎の顔を見ました。

「ああ、なんとむごいことをお訊ねになるのでしょう。……しかし、気づいていたといえば気づいていたのでしょう。私が皆の心を、しっかり把握していなかったのがいけないのです」

「決してそんなことは……」

「浦島様。私は平目を罰せなければなりませぬ。それはそれは恐ろしい方法で」

太郎は背筋が寒くなりました。

「そのような中、あなた様をもてなすことはこれ以上はできませぬ。誠に勝手ながら、陸の世界にお帰りくださいませ。いらしたときと同じく、亀に送らせましょう」

乙姫様の鬼気迫る表情に、太郎は何も言えませんでした。もうここは、あの楽しい龍宮城ではないのです。よそ者の自分はとっとと帰ったほうがいい。太郎は自分に言い聞かせました。

乙姫様は太郎の前に何かを置きました。重箱のような黒い箱に、赤い紐がかけてあります。

「これは玉手箱という宝物です。これをお土産に差しあげます」

太郎は受け取りました。

「私たち龍宮城の生き物は、外に出ても気持ちはそのままに過ごすことができます。しかし、あなたはそうはいきません」

「どういうことですか」

「いいですか、浦島様。この箱はどんなことがあっても、絶対に開けてはなりませぬよ」

何やら話が通じなくなってしまったような気がして、太郎は寂しい気持ちになりました。しかし、うなずく他はありません。

すると乙姫様はようやく、あの優しい顔に戻ったのでした。

「あなた様のことは、私、いつまでも忘れません」

その声に、太郎は急に名残惜しくなるのでした。

## 七、

太郎は亀と共に龍宮城の玄関まで歩きました。たらばがさすまたを持ったまま、ぎょろりとした目で二人を見つめます。

「浦島様はお帰りです」

そう言うと亀はなぜか、たらばに一本の竹筒を差し出しました。

「たらばさん。これは私からの差し入れです。甘いお水です。この度のこと、いろいろお疲れだったでしょうから」

たらばは途端に、嬉しそうに笑みを浮かべました。頬には赤みも差しているようでした。来たときからうすうす感じていましたが、たらばは亀に気があるようです。しかし、太郎にとってはもう、どうでもいいことでした。

たらばは、太いかんぬきを外しました。扉が開き、外の海の世界が広がっているのが見えます。

「浦島様、どうぞ、背中に」

そこにはもう美しい娘の姿はなく、浜辺で出会ったときのままの亀がいました。太郎は玉手箱を落とさないように大事に抱え、その甲羅にまたがりました。

陸への帰り道は、静かなものでした。せっかくの美しい景色も、太郎の心を楽しませるものではありませんでした。乙姫様はこれから、平目に罰を与えるのです。それはどんなに恐ろしいものでしょうか。あの美しい乙姫様がむごいことをするかと思うと、なんだかやるせない気持ちになるのです。

「浦島様」

どれほど龍宮城から離れた頃だったでしょうか。それまで黙っていた亀が口を開きました。

「平目はなぜ、冬の間の内側のかんぬきをかけたのでしょう」

今さら、不思議なことを言います。

「おいせが自ら首を絞めたように見せかけるためであろう」

「そんなの嘘だと、すぐに見破られてしまったではないですか。あの扉を開けておけば、誰がおいせ姉さまを殺《あや》めたのか、永遠にわからなかったはずです。白い砂に化けられるのはあの子だけなのですから、自分が殺したと言っているようなものではないですか」

そうでしょうか。しかしそう言われれば、そんな気もしてきます。

「白い砂に化けるといえば、平目が魚の姿から人の姿に変わるとき、すぐ前に化けていたものの色にお着物が染まってしまうことに、浦島様は気づいていましたか」

「いや……」

たしかに初めて平目に会ったとき、黒い床から人の姿に戻った平目は、黒い着物を着ていました。

「おいせ姉さまの死体を発見したとき、平目のお着物はどんな色でしたっけね」

海の中をぐんぐん進みながら、亀は問うてきます。太郎はすぐに思い出しました。平目は、冷たくなっているおいせと同じような、真っ赤な着物を着ていたのでした。直前まで白い砂に化けていたのなら、白い着物でなければいけないはずです。

「……秋の間で、紅葉に隠れて海牛を見ていたというのは、まことだったというのか」

「そもそも平目は、おいせ姉さまと仲が良かったのです。二人で謀《はか》って、河豚の姉さまが毒を盛ろうとしたという噂《うわさ》を流し、追放に追い込んだくらいですから」

亀は太郎の問いには答えず、なぜかもういなくなった河豚の話を始めました。

「河豚の姉さまは優しかった。私はあの、ぷっくらした愛らしい姿が大好きでした。おいせ姉さまに毒を盛ろうとしたなんて、嘘に決まっています。河豚の姉さまは龍宮城を出るとき、私に形見だと言って、毒の入った杯《さかずき》をくれたのです」

「亀よ。お前はなぜそのような話を」

「さて。お土産代わりでしょうか。さあ、そろそろ浜辺に着きますよ」

ざぶり、と音を立て、太郎の顔が海面に出ます。久々の日差しが、目を刺すようです。

ほどなくして、太郎はあの懐かしい浜辺に戻ってきました。

「それでは、浦島様、いつまでもお元気で」

「ああ……」

どこか腑に落ちない気持ちのまま、太郎は応えました。亀は二、三度手を振ると、波打ち際に消えていきました。別れはあっさりしたものでした。

それから、浜辺の様子がおかしいと気づくのに、そんなに時間はかかりませんでした。そこはたしかに、太郎が毎日魚を取っていた浜辺です。特徴的な岩や、遠くの山の景色などがそう教えてくれます。しかし、岩のそばに生えていた小さな松が、ぐにゃりと曲がった古い大木になり、木肌にはうろこのような苔《こけ》がむしています。太郎は母親が待つはずの家へと急ぎました。するとそこには太郎の家はなく、見たこともない石造りの建物が建っているのです。石……あれは本当に石でしょうか。あのように白く、真四角な石は、太郎は見たことはありません。

途方にくれていると、その建物から一人の老人が出てきました。その老人は、上半身と下半身が分かれた、奇妙な着物を着ていました。

「もし、お尋ねしたいのですが」

太郎が話しかけると、老人は仰天しました。

「ありゃあ。あんた、変な格好しとるな。浦島太郎さんみたいじゃ」

「いかにも、私は浦島太郎です」

「はっはは、面白いお方じゃ。浦島太郎といったら、もう四百年も前にこの浜辺から海に消えていったという男じゃ」

四百年……？

「そんなに真面目《まじめ》な顔をなさるな。子ども騙《だま》しの昔ばなしじゃ」

老人の笑い声はもう、太郎の耳には届いていませんでした。

どこをどう歩いたのでしょう。太郎はいつしかまた、浜辺に腰掛け、ぼんやりと海を見ていました。

「はっ」

太郎は手元に目を落としました。玉手箱です。これを開ければ何かわかるかもしれません。乙姫様との約束が、頭に浮かばぬわけではありませんでしたが、湧きあがる欲求を止めることはできませんでした。太郎は紐を解き、蓋《ふた》を開けました。

箱からは、白い煙がもくもくと立ちのぼりました。途端に、太郎の両手がしわだらけになっていきます。

老いていくのだ。そう感じたとき、太郎は唐突に思い出しました。

「とどき貝」という桜色の伝説の貝。あれは「止時貝」と書き、持っている者の周りの時の流れを、止まっているほどに遅くしてしまうというものなのでした。龍宮城で太郎が過ごしたのは二日間。そのあいだに、止時貝の力の及ばぬ外の世界は、四百年の時が流れていたのです。

——私たち龍宮城の生き物は、外に出ても気持ちはそのままに過ごすことができます。しかし、あなたはそうはいきません。

太郎は、乙姫様の言っていたことの真意を理解しつつ、亀を助けたときのことを思い出しました。
亀はあのとき、浜辺の子どもにととき貝を取りあげられ、少しのあいだ泡の外に出てしまったのでしょう。気持ちはそのままに、体だけは少し年老いてしまったのです。おそらく亀は龍宮城を発《た》つ前、平目や蝶々魚と同じく十四歳くらいの女の子だったのです。平目が「そんなふうになってしまって」と言ったのや、乙姫様が「大変な目に遭ったのですね」と言ったのは、額の傷のことではなく、亀の体が少し大人になってしまったことを言っていたのでしょう。龍宮城の生き物たちにとって、泡の外の時の流れは早いのです。

「……あっ！」

そして太郎は、煙の中ではたと気づいたのです。冬の間を閉じた部屋にする、もうひとつの方法に！

珊瑚で固められていたあの窓です。外の珊瑚をあらかじめ壊し、窓を使えるようにしておくのです。その者はおいせを冬の間におびき寄せて昆布で殺し、白木の戸にかんぬきをかけたあと、窓から外へ出て、門から何食わぬ顔をして入ります。珊瑚のほうは心配ありません。その後、中庭の中央にある大ととき貝を、台ごと南西の方へずらしておけばいいのです。龍宮城は、大ととき貝の不思議な泡に、その四隅がすれすれに入っていました。となれば、台を少し動かす事によって、泡全体が南西に移動し、冬の間の窓は泡の外に出るのです。太郎が眠りについていた三刻ばかりのあいだ、泡の外では数十年の時が流れ、龍宮城の生き物である珊瑚は再び壁を覆い、窓は使い物にならなくなるのです！　そういえば海牛が、中庭の台とそれを囲む岩の配置がおかしいなどと言っていたではないですか。

玉手箱からはなおも煙が出てきます。すでに骨と皮ばかりになってしまった太郎は首を振り振り、この突拍子もない説を頭からぬぐい去ろうとしました。しかし、また気づいてしまったのです。この説を裏づけるもう一つの事実に。

冬の間でおいせが殺められているあいだ、階上にある蛸の部屋も泡の外に出ることになります。だからこれを計画した者は気づかれないよう、その時間、蛸の部屋に誰も入れないように工夫をしたのです。しかし、被害をこうむってしまった者がいました。乙姫様より掃除を仰せつかったわかしです。泡の外に出たのは蛸の部屋のわずかな一隅だったでしょうが、掃除の途中にその場所に出てしまったわかしは、成長してしまったのでしょう。

「ああ……」

太郎はため息をつきました。わかしという魚が成長によって、いなだ、わらさ、鰤《ぶり》と名を変えることを、漁師でありながら今の今まで忘れていたことを嘆きました。乙姫様の部屋にやってきた、上半身が裸の怪しき中年の男。あれこそ、鰤になってしまったわかしの姿だったのではないですか！　たらばが、蛸を捕らえる際に壊した鏡の破片に映る自分の姿を見て取り乱し、言葉を失ったまま乙姫様に助けを求めに行ったに違いないのです。春の間での太郎の聞き取りに、わかしが現れるはずはありませんでした。あのときすでにわかしは、たらばによって追放されてしまったあとなのですから。

　なんという恐ろしいことでしょうか。この、おいせ殺害計画を立てたのは誰なのでしょうか。

　さすまたで珊瑚を壊したり、門を開けたりできるのは、たらばだけです。力の強いたらばならば、大ときき貝を台ごと動かすこともできたでしょう。しかし、おいせに嫌われているたらばは、おいせを冬の間におびき寄せることができません。

　頭に浮かんだ絶望的な結論に、太郎は涙を流さずにはいられませんでした。蛸の部屋に誰も入らぬよう、蛸を怒らせて墨を吐き散らかせた者。おいせの苦しそうな声を聞いたというのも、平目に罪をなすりつけるための嘘だったのでしょう。たらばに色目を使って、協力させるのもわけはありません。差し入れと偽って、隠し持っていた河豚の毒を飲ませれば、秘密が漏れるおそれもありません。そもそも、太郎を龍宮城へ連れていったのだって、誤った結論を導くために、信用できる外部の者が必要だったからかもしれません。すべては、河豚を追放に追い込んだ、おいせと平目への復讐のために。

「ああ、ああ……」

太郎は、砂浜にうずくまりました。穏やかな波の音も、今や何か、邪悪なものの囁《ささや》きに聞こえます。

このまま砂に還ってしまいたい。何者でもなくなりたい。

太郎はそう思い、やがて、気が遠くなっていきました――。

白い砂がまぶしい、静かな浜です。そこに、弱々しい一羽の鶴がいました。鶴は悲しげに一声鳴くと、空へ飛び立ちました。寒空の青に去っていく、寂しい白。もう二度と、戻ってくることはないでしょう。

あとに残るのは、誰もいない海辺の、誰もいない時間です。波はいつまでもいつまでも、寄せては返しているのでした。

# 絶海の鬼ヶ島

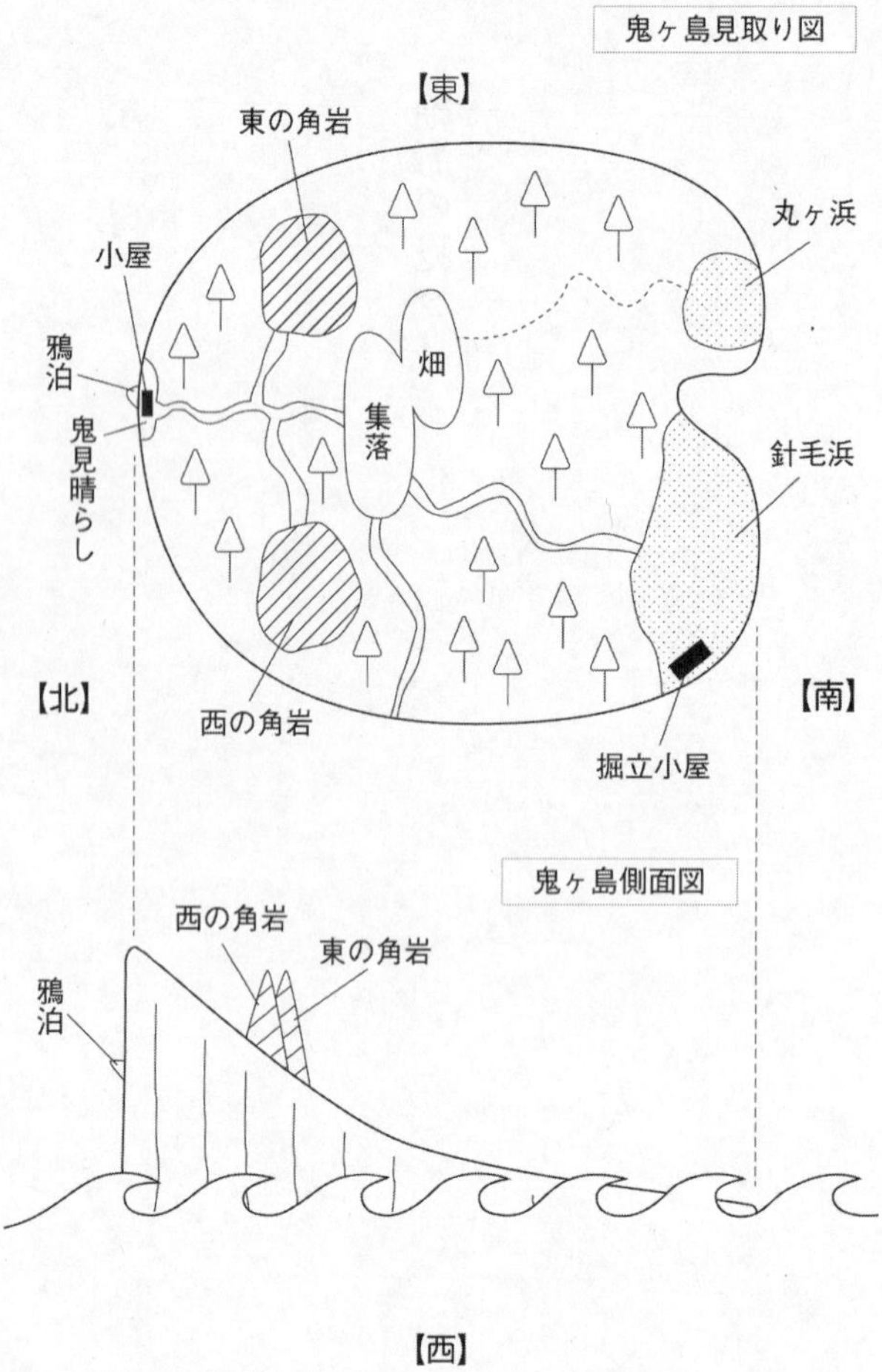
鬼ヶ島見取り図
【東】
東の角岩
丸ヶ浜
小屋
鴉泊
鬼見晴らし
畑
集落
針毛浜
【北】
西の角岩
【南】
掘立小屋
鬼ヶ島側面図
西の角岩
東の角岩
鴉泊
【西】

一、

むかーしむかし、おばばがまだ小さい頃の話じゃ。

この鬼ヶ島には、四十頭ばかりの鬼がおっての、今と同じく、みんなのんびり、仲良く暮らしておったんじゃ。

ある年、ものすごい嵐がやってきた。鬼長老《おにちょうろう》の導きで、鬼たちは早々に東の角岩《つのいわ》の洞窟《どうくつ》に逃れて命は助かったが、畑はみーんな、だめになってしもうたんじゃ。悪いことに、そのあと漁に出ても、魚はさっぱり取れんかった。皆、腹が減ってばたばた倒れていきよった。ほんに辛いことじゃった。今でも続く、嵐を忌《い》み、雨の日には家から出ないという習わしは、この嵐をきっかけに始まったんじゃ。

飢えた仲間を救おうと立ちあがったのは、鬼恕《おにじょ》という名の若い赤鬼じゃった。鬼恕は二頭の舎弟とともに針毛浜《はりけはま》で舟を拵《こしら》えると、金棒を持って乗り込み、海の向こうに食べ物を求めて漕ぎ出しよったんじゃ。

三日後、鬼怒らが戻ってきた。舟には米俵や野菜、酒、それに金銀財宝がたんまりと積まれておった。島の鬼たちはそれを見て驚き、喜んだ。これはどうしたことじゃと鬼長老が問うと、鬼怒は、海の向こうには人間という者どもが住んでいると答えたんじゃ。

鬼太《おにた》には、もう何度も話をしておるから知っとるじゃろ。人間ちゅうのは、海の向こうに住んどる、白い肌をした者どものことじゃ。背の高さは鬼よりも少し低く、黒い髪の頭には角が生えておらず、布を全身にまとっとるというその妙な者どもは、飢えた鬼ヶ島の話を聞くと同情して、食べ物や宝物を分けてくれたんだと鬼怒は言うた。鬼たちはありがたくてありがたくて、涙ぐみながら海の向こうに手を合わせたんじゃ。

その晩は久しぶりの、酒盛りじゃった。人間とやらがくれたごちそうを食べ、酒を飲み、踊り狂った。すっかり気分の良くなった鬼たちの真ん中に鬼怒は進み出ると、こう言ったんじゃ。

「皆の衆、もう畑仕事や漁などはせんでもいい。人間たちは、俺と舎弟が行けば、いつでも食べ物と酒と宝物を分けてくれると言った。明日から大いに遊んで暮らそうぞ」

皆は喜んだが、鬼長老を中心とする数頭が、これに反対したんじゃ。そんなうまい話があるはずはないと、鬼長老は一同を一喝した。ちゃんと働いて生きていかねば、おてんとうさまに顔向けできんとな。せっかく働かずとも食べていけると喜んでいた鬼たちは、鬼長老たちをうるさく思った。そして、鬼怒の号令をきっかけに鬼長老たちに飛びかかり、体を持ち上げて東の角岩の洞窟に放り込み、鉄の扉に錠をかけてしまったんじゃ。

それからというもの、鬼たちは毎日遊んで暮らすようになった。食べ物や酒がなくなると、鬼恕やその舎弟たちが人間たちのもとに舟を出し、食べ物と宝物を分けてもらってくるのじゃった。人間たちがなぜそんなに親切にしてくれるのか。浮かれた鬼の中には、そんなことを考える者は誰もおらんかった。

それは、黒い雲の立ち込める、なんとも不気味な日のことじゃった。連日の酒盛りでぐでんぐでんに酔っていた鬼たちは、針毛浜に寝そべってぐうぐうと眠っておった。そのうち、一頭の青鬼が目を覚まし、沖のほうに舟影を見つけたんじゃ。舟影はだんだんと大きくなっていった。

船べりに足をかけている者は子どもじゃったが、妙な格好をしておった。上半身には錦のような布、下半身には真っ赤な布を身に着け、頭に何かを巻いていた。船べりには旗のようなものが立てられ、見たこともない文字が書かれていた。白い肌に、黒い髪。そしてなんともおかしいことに、頭には角が生えとらんかった。それで青鬼はわかったんじゃ。あれが、鬼恕にいつも食べ物や酒、世にも珍しい宝物を分けてくれる人間という生き物なのだと。きっと、鬼ヶ島とはどういうところなのか見に来たに違いない。そして、波打ち際まで引っ張るのを手伝ってやらねばならんと、青鬼は海に入っていった。

人間に挨拶《あいさつ》をしようとした、そのときじゃった。

舟から海に飛び込んだ茶色い獣が、ききっ、と叫びながら青鬼のもとへ泳いでくると、その腹を引っかいたんじゃ。青鬼は血しぶきを上げ、驚きと痛みで波の中に尻もちをついてしもうた。

続けて、がるるるるという唸《うな》り声とともに現れた白い獣が青鬼に飛びかかり、首すじに噛《か》みついた。

最後に青鬼に襲いかかったのは、黄色と緑色の羽をした鳥じゃ。鋭いくちばしを、青鬼の目に突き刺したのじゃ。

「家来ども、我に続け、鬼たちを一匹残らず退治するのじゃっ」

人間の子は言った。

そのあとの浜辺は、まさに地獄絵図じゃ。さる――これは、毛の茶色い、顔と尻だけが真っ赤なおぞましい獣で、木や崖をするすると登ることができるのじゃが、こやつが寝ている鬼たちの体をずたずたに切り裂いて回った。いぬ――歯の鋭い白い獣は次々と鬼たちの首筋に噛みついた。両耳を食いちぎられてしもうた鬼もおった。きじ――黄色と緑色の鳥はくちばしで目玉をえぐって回った。

獣どもが鬼を襲う中、針毛浜に二本の足で降り立ったのが、さっきの、角の生えていない子どもじゃ。

「わが名は桃太郎。我らの村々に現れては、食べ物や金銀財宝を奪っていった鬼どもよ。この桃太郎が来たからにはもう好き勝手にはさせん。討伐してくれる」

三匹の獣に襲われながら、これを聞いた鬼たちが驚いたことは言うまでもなかった。皆、鬼怨と舎弟たちを振り返り、そして、気づいたんじゃ。鬼怨は嘘をついたんだと。鬼怨と舎弟たちは人間から分けてもらっていたのではなく、力ずくで奪ってきておったのじゃ。げに恐ろしき獣どもを従えたこの桃太郎という名の人間の子は、復讐をしに来たのに違いなかった。

桃太郎は鬼怨と舎弟たちに狙いを定め、腰からぎらりと光る刀を抜いたかと思うと、砂浜をものすごい勢いで走った。そして刀を横一文字に払うと、まるで草でも薙《な》いだかのように、鬼怨と舎弟たちの首は一挙に体から落ちたのじゃった。

自分たちも鬼怨たちに騙《だま》されたのだという鬼たちの話を、桃太郎どもが聞いてくれるはずもない。鬼たちは男も女も子どもも関係なく、どんどん殺されていったのじゃ。

やがて、針毛浜は鬼たちの血で真っ青に染められ、恐ろしいほどの静けさに包まれた。その中に、まだわずかに息をしておる子どもの鬼が一頭だけおった。桃太郎は、その鬼の一本角を握って無理やり顔を上げさせると、「鬼ヶ島の長《おさ》はここにはおらぬだろう。どこじゃ」と訊いたんじゃ。

針毛浜で桃太郎一味に襲われている鬼たちの声は、東の角岩の洞窟にも届いておった。

何かよくないことが起きたのじゃろうと、閉じ込められた者どもは心配しておった。しばらくして、閉じられた鉄の扉ががんがんと叩かれる音がした。

「お前たちは、奥に隠れておるのじゃ」

鬼長老は、他の鬼を振り返って言った。その中には、鬼丸《おにまる》と鬼蛍《おにほたる》という若夫婦と、小さい女の子もいた。若夫婦は言われたとおり、他の鬼やわが娘と共に洞窟の奥へと隠れた。

やがて、錠を壊した桃太郎が鉄の扉を開くと、中から鬼長老が進み出た。

「お前がこの鬼ヶ島の長か」

桃太郎たちの姿を見て、鬼長老は針毛浜で起こったこと、鬼怨のしたことをすべて悟った。そして、桃太郎より先に口を開いたんじゃ。

「もうこの島には、わししか残っとらん。あんたたちの宝物のありかまではわしが案内しよう。食べ物はぜんぶ食べてしもうたので返すことはできん。わしの命はくれてやるから、それで勘弁してくれ」

鬼長老は、財宝を隠してあった西の角岩の洞窟まで桃太郎たちを案内した。桃太郎はそこで鬼長老を斬り伏せ、宝物を舟に運んで載せてしまうと、獣どもと一緒に意気揚々と鬼ヶ島を引きあげていきよったんじゃ。そのとき、桃太郎はいらんと思った宝物をいくつか残していったが、それは今でも、西の角岩の洞窟にある。

洞窟の奥に隠れた鬼たちは、見つかることはなかった。鬼たちは桃太郎たちが去って一日経ってから浜へ下りていった。二人も知っとるじゃろうが、鬼は死んで丸一日も経つと、皆一様に腐った蜜柑《みかん》のように茶色くしわしわになってしまうんじゃ。そういう鬼たちの死体を、皆は泣きながら海に流したんじゃ。……その地獄のような悲しい光景をじっと見ていた、鬼丸と鬼蛍の子である小さな娘……、それがこのおばばじゃ。鬼厳《おにげん》はまだ生まれておらんかったから何も知らん。桃太郎のしでかした恐ろしいことを知っとるのはもう、おばばしか……おらん。

ふむ……すまんの、思い出して涙が出てきよった。

鬼太よ、鬼茂《おにしげ》よ。よく聞くんじゃ。今この鬼ヶ島におる鬼たちはみんな、鬼長老に守られた鬼たちの子孫じゃ。鬼長老に感謝して、仲良う、そして正直に暮らさなきゃいけん。仲間を騙したり、欲をかいたりすると、いつまた桃太郎が、さる、いぬ、きじを引き連れてこの島にやってきよるかわからんでな。わかったな。

二、

掘立小屋《ほったてごや》の床は、浜に粗末な茣蓙《ござ》を敷いただけのもので、ところどころ岩が突き出ている。潮騒《しおさい》を聞きながら、鬼太は岩の一つを枕にして横になっていた。眠ろうにも、怖くて目がさえていた。

喧嘩の原因は、晩飯の団子だった。この島の飯は、雨が降っていない限り、朝も昼も晩も、鬼長老の家の前の広場でたき火を囲み、皆でとることになっている。飯を盛る役目は日によって当番が決まっており、今日の当番は青鬼の鬼茂だった。一頭につき四つもらえるはずの麦団子が、鬼太の皿にだけ三つしかなかった。鬼茂がわざとやったに違いなかった。

鬼茂のやつは最近、父の鬼松《おにまつ》と折り合いが悪く、いらいらしている。そればかりか、島の鬼はみんな嫌いじゃ、俺はこんな島を出ていくんじゃと生意気なことばかり言っているのだった。昼間も、鬼太に当たってきた。そのときは我慢できたが、飯が絡《から》むとなると話は別だ。鬼太は鬼茂につっかかった。鬼茂は、「お前みたいなチビすけにはチビ団子三つで十分だ」と憎まれ口を叩いた。それでさらに腹が立ち、鬼太は鬼茂の額を引っかいたのだった。鬼茂も鬼太の顔を引っかき返した。取っ組み合いをしていると、皆が鬼太と鬼茂を引き剥《は》がした。

鬼の子の喧嘩は両成敗と決まっている。いばらのつるで両手を後ろ手に縛られた鬼太と鬼茂は、首根っこを摑《つか》まれて鬼厳の屋敷の離れにいる鬼おばばの前に連れていかれ、正座で桃太郎の話を聞かされた。

その昔、この鬼ヶ島に本当に起こったというその話は、何度聞いても鬼太を震えあがらせた。さる、いぬ、きじという妙ちきりんな名の、おそろしく乱暴な獣たち。それらを従える、桃太郎という名の冷徹な人間の子。老鷗《ろうかもめ》から伝え聞いたという人間の話を、鬼太は他にもたくさんおばばから聞いている。肌がまっ白、髪が真っ黒、そして何よりも恐ろしいことに、角が生えていないという、考えただけでもぞくりとする生き物だ。そんな人間の桃太郎に、鬼たちは次々と斬られていった……。

鬼おばばの話が終わると、村長の鬼厳が入ってきた。島で唯一の黒鬼で、おばばの弟だからけっこうな歳のはずだが、体つきは若者と引けを取らぬほど精悍《せいかん》だ。鬼厳は鬼茂と鬼太に、別々に分かれて一晩頭を冷やすようにと告げた。鬼太は、兄の鬼郎《おにろう》に針毛浜まで連れていかれ、掘立小屋に放り込まれた。鬼郎は鉄の錠を戸にがちゃりとかけると、おやすみも言わずに去っていったのだ。

さいわい、夏のことなので寒くはなく、窓から差し込む月明りで闇の恐怖はない。ただ、誰もいないこの不気味な掘立小屋の中でじっとしていると、いやでも桃太郎と獣たちのことを思い出してしまう。鬼太はそっと、扉の窓から海を見た。

桃太郎たちが上陸したのは、この浜辺だという。もし今夜また襲ってきたら……、初めに殺されるのはおれじゃないか。鬼茂のやつは、鬼見晴らしの小屋に閉じ込められているらしい。鬼見晴らしというのは、島の北端の切り立った崖の上にある開けた場所で、あんなところは一番最後まで襲われない。どこが両成敗だと、鬼太は怖さと悔しさで涙ぐみそうになった。

そのとき、集落へ通じる道のほうから、二頭の鬼が歩いてくるのが見えた。

「おにたー」「もうねちゃったー」

月空に響く声で、その正体がすぐにわかった。

「鬼百合《おにゆり》ねえさん、鬼梅《おにうめ》ねえさん」

「あっはは、まだ起きてる」

笑いながら戸口に立ったのは、鬼百合、鬼梅という名の、女の鬼だ。二頭とも鬼太より少し年上で、鬼太はまるで本当の姉のように二頭のことを慕っていた。すらりとした桃色鬼の鬼百合は酒瓶と干物を持ち、太っちょで緑鬼の鬼梅は枯れ木を三束ほど抱えていた。

「ねえさんたち、俺のこと、助けに来てくれたのかい」

「馬鹿ね。あんたの見張りよ」

鬼太が逃げ出さぬようにと、鬼厳に命じられたのだそうだ。

「まったくもう、面倒を起こしてくれちゃって」

鬼梅は掘立小屋の戸口からほど近いところに枯れ木を組み、火打石で火をつけた。やがて火がぱちぱちと燃え出すと、干物をあぶり、鬼どぶろくを飲みながら、二頭はぺちゃくちゃと話を始めた。話題はもっぱら、若い男の鬼の話だ。鬼郎の腕っぷしの強さが好きだと鬼百合が言えば、あんなのは趣味が悪いと鬼梅が首を振る。鬼広《おにひろ》が好きだと鬼梅が言えば、あれは気障《きざ》だからだめだと鬼百合がやりかえす。

つまらない。鬼太は再び横になり、目を閉じた。

ねえさんたちの声は、酔いと共に大きくなってきている。もう鬼太のことになど気を払っておらぬようだった。桃太郎の恐怖があっても、先ほどの静けさのほうが懐かしいくらいだった——。

三、

「起きろっ」

大声に、鬼太は飛び起きた。目の前に立ちはだかっているのは、兄の鬼郎だった。怒り狂った鯨《くじら》のような目だ。鬼郎の傍らには細身の青鬼、鬼広が鍬《くわ》を携えて立っている。

二人の背後、戸の外からは、鬼百合と鬼梅の二人が心配そうに小屋の中を覗《のぞ》いていた。

「鬼太、何も、殺すことはなかったじゃねえか」

鬼郎が言って、鬼太に摑みかかってきた。

「えっ。いったい、どうしたっていうんだ」

「ちょっと待ってよ鬼郎」

鬼百合が鬼郎を止める。

「まだ鬼太がやったと決まったわけじゃ――」

「やったに決まってるさ。これがそれを示している」

鬼広が手元の鍬に目を落とした。鬼郎は、怖い顔で鬼太を睨《にら》み続けている。

「なんのことだか俺にはわからないよ。誰が殺されたっていうの」

「鬼茂だ」

鬼太の目の前が暗くなった。鬼茂が、死んだ。

「いいから、来い」

鬼郎に首を摑まれ、集落まで引っ張っていかれるあいだ、鬼太はことの顚末《てんまつ》を鬼郎から聞かされた。――鬼茂は昨晩、島の北の崖、鬼見晴らしにある小屋に閉じ込められた。小屋の戸には鍵がかけられたが、針毛浜の掘立小屋より頑丈《がんじょう》な鍵なので、出入りすることはできぬはずだからと見張りはつけられなかった。日が昇って朝飯になろうかとしている頃、鬼茂のほうはもう許してもよかろうと鬼厳が言ったので、鬼郎が鬼見晴らしに向かったところ、小屋の錠は石で打ちつけられたように壊されていた。驚いた鬼郎は中をくまなく調べたが、鬼茂の姿はなかった。それから小屋を出てあたりを探すと、やがて鬼茂が見つかった。

鬼見晴らしの崖から海まではゆうに三百尺（約九十メートル）はある。そのちょうど半ばあたりに、鴉泊《からすどまり》と呼ばれる岩棚があるのだ。広さにして畳二枚ほどとかなり狭いその鴉泊に、一頭の青鬼が仰向けに倒れていた。目を凝らすと、顔は鋭い爪で引っかかれたような傷でめちゃめちゃになっており、青い胸にも無数の引っかき傷があった。鬼郎は鬼茂の名を呼んだが反応がなく、死んでいるのは明らかだった。

鴉泊までは足場がないので下りていくのは困難を極め、下から登ろうにも鬼ヶ島北面の海は波が高くて近づくのも容易ではない。鬼茂の死体は、とりあえずそのままになっているという。

鬼厳の家の前の広場には、すでに鬼たちが集まって輪になっており、鬼太は鬼郎によってその中央へと投げ出された。鬼太はしたたかに打ちつけた膝《ひざ》をさすりながら、周囲の鬼たちの顔を見る。

鬼ヶ島には、十三頭の鬼が住んでいる。

鬼厳（黒鬼）と鬼おばば（黄鬼）の老姉弟。

鬼郎（赤鬼）と鬼太（赤鬼）の兄弟。

鬼松（青鬼）と鬼茂（青鬼）の父子。

鬼三《おにざ》（黄鬼）、鬼菊《おにぎく》（桃色鬼）の夫婦とその娘、鬼百合（桃色鬼）。

鬼兵《おにへい》（緑鬼）、鬼藤《おにふじ》（赤鬼）の夫婦とその娘、鬼梅（緑鬼）。

そして、孤高気取りの気障なみなしご、鬼広（青鬼）である。

こう並ぶと色とりどりなのだが、鬼太はその数が少ないような気がした。死んでしまったという鬼茂と、足が悪くて離れから出てこられない鬼おばばがいないのは当然だが、あと一頭、誰かがいない気がしたのだ。

「鬼厳さん、鬼茂を殺したのは、鬼太だと思います」

誰がいないのか見極めようとしていると、鬼広が突然言った。鬼厳が一歩近づいてきて鬼太を睨みつけた。その厳《いか》めしい黒い顔に、鬼太は震えた。

「そうなのか」

「ち、違います、俺じゃねえです」

その足にすがろうとすると、鬼厳は「触るな」と怒鳴りつけながら一歩下がった。彼はどういうわけか、他の鬼に触られるのを極度に嫌がるのだった。

「俺じゃありません」

鬼太はもう一度言った。

「だいたい、俺は昨日、針毛浜の掘立小屋に閉じ込められていたんです。戸口ではねえさんたちが見張ってたじゃないですか」

皆が二頭の鬼娘のほうに視線をやる。

「たしかに鬼太の言う通り、私たちは一晩中掘立小屋の前で見張っていました。一睡もしていません。鬼太は私たちがたき火を始めてからすぐに眠ってしまったみたいで、さっき鬼郎さんが鍵を開けて起こすまで、ずっと小屋を出ていません」

鬼どぶろくの匂いを漂わせているものの、鬼百合の証言は、鬼太にとって頼もしいものだった。ところがそれに、鬼広がいやみな声色で言い返す。

「鬼太はそれを見越したうえで、鬼茂を殺したんだよ」

稲穂のような黄色い髪を掬《すく》うようにして耳にかけると、鬼広は、足元においてあった鍬を皆に見せるように高く掲げた。

「これは、鬼太が閉じ込められていた掘立小屋の中に転がっていたものさ」

昨晩はそんなものがあったなど、鬼太は気づかなかった。

「これを使えば、あの掘立小屋を出ることができる」

鬼広は自分の周囲から他の鬼を遠ざけると、鍬を振り上げ、

「てんぐのしゃっくり、ひょっ、ひょっ、ひょっ」

不思議な言葉を唱《とな》えながら土に鍬を立てた。一陣の風が吹き、大人の鬼が入りそうなくらいの穴が開いていた。

「これは、西の角岩の洞窟の奥に収められていた、天狗鍬《てんぐぐわ》という宝物さ」

「いかにも、それは天狗鍬」

鬼厳が続けた。

「かつて鬼怨という者が、海の向こうの人間どもから奪ってきたという宝物の一つぞ。

桃太郎一行は価値がわからずこの島に残し、残された鬼は惨事を忘れぬようにと、洞窟の中にとっておいたのだ」

鬼広は鬼厳のほうを向き、うなずいた。

「鬼太はきっとその話を知っており、あらかじめこれを盗んで浜辺の掘立小屋に運んでおいたのでしょう。昨晩、わざと鬼茂と喧嘩をして掘立小屋に閉じ込められ、見張りの二頭が来たあとで、こっそり床を掘ったのです」

掘立小屋の莫蓙の下は浜の砂だ。不思議な力を持つ天狗鍬を使えば、見張りの二頭がいるのとは逆のほうに抜け穴を掘ることができる。鬼太はその穴をこっそり抜け、鬼見晴らしの小屋まで行って鬼茂を殺《あや》め、再び針毛浜の掘立小屋に帰り、穴を埋め戻したのだろう、というのが、鬼広の推理だった。

「おかしいわ」

これに異を唱えたのも、鬼百合だった。

「いくら掘立小屋の裏に抜ける抜け穴を掘ったって、鬼見晴らしへ行くには集落を通らなければならない。その道は、私たち、見通せるもの」

「そうよそうよ」

鬼梅も加勢する。鬼広は、これに対する説明も用意しているようだった。

「鬼太のやつは、西の角岩の洞窟からもう二つ、宝物を持ち出していたんだよ。一つめは、鶴の羽衣《はごろも》さ」

周囲の鬼たちが再びざわめいた。

「何なのよ、それは」

「鶴の羽で織った、不思議な布だ。これを身にまとえば、体は風のように軽くなる」

「それで、空を飛んだっていうの」

鬼百合と鬼梅は笑い出したが、鬼広は真面目《まじめ》腐った顔で首を振った。

「そんなことはできない。ただ、風と同じくらい、つまり、ほぼ目方を無視できるくらいに体は軽くなるんだ」

鬼広のこの言葉に、二頭の鬼娘はぴたりと笑うのを止めた。鬼広は「わかったようだね」と、涼しい顔で続ける。

「鬼太は掘立小屋を脱出したあと、海の上を歩いて北の崖の下までたどり着いた。北面の海は波が高い。でも波の上を歩けるならば、苦労は伴うだろうけれどできないことじゃない」

「崖の下に着いたあとはどうするの。あの切り立った崖を登るのは、私たち鬼には至難の業よ」

鬼梅が訊ねた。

「そこで登場するのがもう一つの宝物だ。打ち出の小槌《こづち》だよ」

これを聞いて、「ふむ……」と鬼厳が声を上げた。

「たしかに、西の角岩の洞窟にはそれもある。生きとし生けるものの大きさを自在に変えることのできる、不思議な小槌じゃ」

鬼広は満足げにうなずく。

「鬼太は北の崖下にたどり着くと、打ち出の小槌で自分の体を崖と同じくらいに大きくしたんだ。そして崖の上によじ登ってから、再び元の大きさに戻った」

あまりにとんでもない推理に、誰もが静まり返った。そんなことができるのだろうか。

いや、鬼広が言うのだから間違いなかろうという雰囲気が、場を支配している。

「でも、小屋の鍵はどうするのよ」

いいぞ鬼百合ねえさん、と、鬼太は思ったが、

「てんぐのしゃっくり、ひょっ、ひょっ、ひょっ」

鬼広は再び天狗鍬を振り下ろし、穴をあけた。

「この鍬を使えば、鍵を壊すことなんてわけないさ」

鬼百合も返す言葉がないようだった。

「鶴の羽衣と打ち出の小槌は、戻ったあとで海に捨ててしまったんじゃないのかな。天狗鍬だけは穴を埋め戻すのに必要だったから捨てることはできず、小屋の中に持ち帰らざるをえなかったというわけさ。あとで処分するつもりだったろうけど、この鬼広の目

はごまかせないよ」

「なんでそんなことをしたんだ、お前は」

鬼郎が目を真っ赤にして、鬼太の肩を揺すぶる。

「違う。俺じゃない」

「見苦しいよ」

鬼広が一刀両断した。

「鬼太、お前は鬼おばばの昔ばなしを、誰よりも熱心に聞いていただろう。鬼おばばが老鷗から聞いたという鶴の恩返しの話や、一寸法師の話。三つの宝物の不思議な力を知り尽くしていたのに違いない」

鬼太はたしかにおばばの話が好きだったし、天狗鍬や鶴の羽衣、打ち出の小槌のことは知っていた。だが、実物を見ることはならんと鬼おばばにきつく言われていたので、実際に見たことはおろか、西の角岩の洞窟に入ったこともなかった。しかし、その弁明を聞いてくれる者は、もういないようだった。

「鬼太を縛りあげろっ」

鬼厳の号令で、一斉に飛びかかってくる鬼たち。抵抗する間もなく、鬼太の手足はいばらのつるで固く縛られてしまった。天高く、老鷗がゆうゆうと飛んでいるのが見えた。

四、

「ちくしょう……」

鬼太は闇に向かってつぶやいた。鬼厳の家の蔵の二階。じめじめとしてかび臭く、これなら針毛浜の掘立小屋のほうがずっとましだ。もがけばもがくほど、いばらのとげが肌に食い込んでくる。

「くう……」

鬼太はあきらめの気持ちを抱いていた。もとより、鬼厳に疑われたのではどうしようもない。

黒鬼の鬼厳の父と母は、昨日の桃太郎の話にも出てきた鬼丸と鬼蛍だ。鬼丸は桃太郎に襲われたあとの鬼ヶ島で新たな長となり、残った者をまとめて今のような集落を復活させた立派な鬼だったという。それでもなお、鬼ヶ島の未来のためにやり残したことがあると晩年は悔いていたそうで、死に際に鬼厳を枕元に呼び寄せ、「父のやり残したことをやり遂げてくれ」と遺言したらしい。生真面目な鬼厳はこれを遂行すべく、厳とした態度で鬼ヶ島の村長を務めてきた。中でも鬼丸が作ったらしい、嵐を忌み嫌い、雨の降る間は決して外出してはいけないという掟《おきて》は絶対であり、破ると十日間、誰にも口をきいてもらえないという罰を受けるのだった。こういった厳しい掟で秩序を保ち、鬼ヶ島は平和を維持してきた。少なくとも鬼太が物心ついてからというもの、鬼殺しなんて起きたことはなかった。

鬼太の中には、哀しみと憎しみが渦を巻いていた。気を紛《まぎ》らわせるため、鬼おばばから聞いた昔ばなしを思い出そうとした。鬼おばばは老鷗の言葉がわかるという。老鷗たちは遠く人間の世界まで飛んでは、宝物にまつわる話を仕入れて、鬼おばばに話すのだ。何か、桃太郎ではない、別の話を思い出そう――。

しばらくそうしているうち、ふと鬼太は気づいたことがあった。

そうか。これで、俺が鬼茂を殺したのではないことを示せる。しかし、その機会は与えられるだろうか。

それに――と鬼太は考えた。自分が鬼茂を殺したのではないことを示せたとしても、本当にやったのが誰なのかはわからないままだ。誰だ。鬼茂は、皆に可愛がられていた。鬼百合の母、鬼菊など、鬼太と鬼茂におそろいのふんどしを作ってくれたこともあるくらいだ。わからない。鬼厳の立派な指導の下、鬼ヶ島の鬼は皆、仲良くやってきたはずなのだ。この鬼ヶ島の鬼に、他の鬼を殺す者など……。

「えっ……」

鬼太の頭に、一つの説が浮かんだ。まさか――とは思うが、ぬぐい切れない。災難は再び、この島を襲いはじめているのかもしれない。

ぎぎ、と階下で音がして、梯子《はしご》がかけられた穴から光が差した。誰かが蔵の扉を開けたのだった。荒い息遣いをさせながら、ひょっこりと顔を出したのは、兄の鬼郎だった。

「鬼太、大丈夫か」

鬼郎は、鬼太の足のいばらのつるを解きはじめた。と、鬼郎に続いて、鬼広が上がってきた。鬼広は「悪かった」と謝った。

「鬼太、お前はやってない」

「当たり前だ、鬼広」

年上の鬼広のことを、今までは兄さんと呼んでいた鬼太だが、怒りを覚えて呼び捨てにした。そして、さっき気づいた事実を突きつけてやることにする。

「打ち出の小槌はな……」

「自分自身を大きくしたり小さくしたりすることはできない。そう言うんだろう」

鬼広のほうが先に言った。

——そうなのだ。一寸法師の話では、打ち出の小槌は「大きくなあれ」「小さくなあれ」と唱えながら振ることで、目の前の生き物の大きさを変えることができる。しかしそれは、自分自身にその術はかけられぬのだ。鬼太が体の大きさを変えて崖を登り下りしたという鬼広の推理は、不可能ということになるのだった。

「俺もさっき、気づいたんだ。それにな、あの天狗鍬だが、鬼兵さんが昨日の昼間に掘立小屋に運んでいたんだと、白状したんだ」

鬼兵は、娘の鬼梅よりもさらに丸々太った緑鬼で、島一番の食いしん坊だ。昨日は針毛浜でたくさんの貝を獲ったが、あいにく割る道具がなく、西の角岩に鍬があることを思い出し、持ってきて割っていたのだという。掘立小屋でたらふく食った後、ひと休みしているうちに鍬のことを忘れ、そのまま帰ってきてしまったらしい。

「俺が責められているとき、なんでそれを言ってくれなかったんだ、鬼兵さんは」

「皆が鬼太を疑っていたので、言えなくなったんだと。許してやれ。そんなことより大変なんだ」

鬼太は腹立たしかったが、鬼郎と鬼広がただならぬ様子なので、怒りは引っ込んでしまった。

「どうしたっていうんだ」

「また、殺された」

いばらのつるの結び目と格闘しながら、鬼郎が答えた。

「だ、誰が」

「鬼おばばだ」

## 五、

昨晩、鬼太と鬼茂が恐ろしい桃太郎の話を聞かされた離れには、鬼三と鬼兵がいた。女たちはどこへ行ったのだろう。

「連れてきました」

鬼郎の言葉に、鬼たちは振り返る。鬼太の目に、凄惨な状況が飛び込んできた。

部屋の中央に、鬼おばばが仰向けになっている。髪を振り乱し、白目を剝《む》き、黄ばんだ牙《きば》を見せるようにかっと口を開いていた。これまで見たことのないくらいに恐ろしい形相だったが、それよりも目を奪われたのは肩の傷であった。切れ味の悪い刃物でやられたように、えぐり取られているのだ。あたりには青い血が飛び散り、鬼おばばが痛みで気を失い、そのまま事切れた様子が手に取るようにわかった。

「女たちは怖がっておる」

目の前の状況に言葉を失っていると、どこからか鬼厳が帰ってきた。

「鬼兵よ、お前の家に女たちを集め、一歩も外に出るなと言うてきたぞ」

「はっ」

鬼兵が頭を下げる。女たちがこの場にいない理由がようやくわかった。

そのあと、鬼太は皆の口から、事のいきさつを聞かされた。鬼太を蔵に閉じ込めたあと、鬼たちは朝飯をとりながら、鬼太にどういう罰を与えるかについて話し合ったが、ただ一頭、鬼百合だけが鬼太の犯行を否定していたそうだ。夜までに、鬼太がやっていないという証拠を見つけるから待ってくれと鬼百合は懇願し、その姿が鬼郎を動かした。鬼郎の言《げん》に、鬼たちは鬼百合の願いを了承し、解散になった。

それからしばらくして、近々控えている作物の収穫について鬼おばばに相談するため、鬼厳が離れを訪れた。そして、変わり果てた鬼おばばを見つけたのだった。

「残念ながら、我らの中に、殺した者がおるようだ。そして鬼太、殺していないことが明らかであるのは、お前だけだ」

鬼厳が言いながら、わが姉の遺体から鬼太のほうへ視線を移した。

「えっ」

「生きている鬼おばばに最後に会ったのは、鬼梅。朝飯のときだ」

皆が朝飯をとっているとき、鬼梅は離れの鬼おばばに朝飯を運んだ。鬼梅はそのとき二言、三言、鬼おばばと話をしたらしい。その後、鬼厳が遺体を発見するまでのあいだに鬼おばばは殺されたことになるが、鬼たちはめいめい一頭になっているときがあり、皮肉なことに、蔵に閉じ込められていた鬼太だけが疑いから外れることになるのだった。

「さらに、鬼広の話では、打ち出の小槌を使うのも一頭ではできぬということではないか。鬼太、信用できるのはお前しかおらぬ」

さっきのことが、まるで嘘のような鬼厳の言葉だった。

「鬼太」

鬼郎がその肩に手を置く。

「俺たちは今、お互いを信じられぬ。島の仲間の中に、鬼茂と鬼おばばを殺した者がいると思うと、不安でしかたがない。ここは男たちが協力してことに当たらねばと思うが、どう手をつけていいのかわからぬ」

「鬼太、なんでもいい。気づいたことがあったら言ってくれ」

鬼広までもが頼んできた。鬼三や鬼兵も、鬼太、鬼太、と迫ってくる。鬼太は考えを言うことにした。

「蔵の中で考えたことが一つ、あるんだ」

「おお、なんだそれは」

鬼太に向けられる、期待の目。

「鴉泊の鬼茂の死体の胸には、引っかき傷があったと、兄貴、そう言ったよな」

「ん……ああ」

刹那《せつな》、鬼太はためらった。その者の名を口にするのが、恐ろしかったからだった。だが言わねばならぬ。

「さる、じゃないかな」

鬼郎はきょとんとした。他の鬼たちも同様だったが、鬼広だけが鬼太の言いたいことを理解したようだった。

「それは、昔ばなしで、桃太郎が連れていたという獣のことか」

馬鹿な、と鬼厳が首を振る。

「桃太郎一行がこの島に来たのは、はるか昔のことじゃ。わしすら生まれておらんかった」

「しかし、そう考えれば、広場を通らずに鬼見晴らしの鬼茂を殺せたことも、説明がつくのです」

鬼太は言い返す。

「鬼おばばの話によれば、さるという獣は泳ぎも達者であり、するすると木や崖を登ることができるとのことでした。舟である程度まで崖に近づくことができれば、あとは崖下まで泳ぎ、そこから崖を登れるのではないでしょうか」

「小屋の鍵もさるが壊したというのか」

「おぞましい獣ゆえ、それくらいのことはできるかと」

「ふうむ……」

鬼厳は納得がいっていないようだった。昔ばなしの獣が鬼茂を殺したなどという話に説得力がないであろうことは、鬼太にだってわかっていた。だが鬼太は、目の前の鬼おばばの死体を見て、自分の説が正しいことを確信しはじめていた。

「見てください。鬼おばばの肩の傷。何者かに食いちぎられたようではないですか」

「ああ、たしかにそうだが、我ら鬼の牙で嚙みつけばこれくらいの傷はできるだろう」

「鬼がこんな残酷なことをするわけはありません。これは……」

「いぬの仕業《しわざ》だというんだね」

横取りをするように鬼広が言う。彼はすでに、鬼太の意見に傾いているようだった。

「桃太郎一行が、ひそかにこの島に来ているというのか」

血相を変える鬼郎。何をたわごとを、というような顔だった鬼三や鬼兵も、だんだん鬼太の話を信じはじめているのがわかった。

「わからねえ。でも兄貴、お互いを疑う前に、誰か別の者が島に入り込んでいないかを確かめるのが先だと思うんだ」

「そうだそうだ」「鬼太の言う通りだ」

鬼の仕業ではないかもしれないというのに勇気づけられたのか、鬼三と鬼兵は力強く鬼太を支持した。

「鬼太よ。崖登りのできそうなさる以外は、島の北側から上陸するのは無理だろうな」

鬼三が訊ねる。

「そう思います。北面だけじゃなく、東西の崖からもできないかと」

「昨晩、針毛浜にはお前と鬼娘たちがいたが、誰かが上陸した様子はなかった」

「はい」

「そうなると、外の者が上陸した場所は」

一同は顔を見合わせた。それがどこか、皆、わかっていた。

六、

丸ヶ浜は、鬼ヶ島の南東に位置する小さな浜である。針毛浜からは入り江を挟んで対岸の森の向こうにあたる。周囲をうっそうとした木々に囲まれており、普段は誰も出入りせぬが、舟を乗りあげて上陸することはできる。

集落の南東に広がる畑をぐるりと囲む森の中に、丸ヶ浜へ下りる細い道がある。ほとんど獣道《けものみち》のようなその道を、四頭の鬼が歩いていく。

先頭を行くのは筋骨隆々の鬼郎。鬼広、鬼太と続き、しんがりを行くのは、鬼百合の父である鬼三だった。鬼厳は屋敷に残り、護衛として鬼梅の父である鬼兵が残ることになった。鬼兵は若い頃に、素手で鯱《しゃち》を三匹捕まえたことがあるというのが自慢だ。今は太鼓っ腹になってしまったが、腕っぷしは相変わらず強いらしい。

先頭の鬼郎は山刀を振り回し、行く手を塞《ふさ》ぐ木の枝や草を切り払っている。

「なあ鬼太、やっぱりこの道は最近、誰も通っていないように思えないか」

鬼広が振り向いて鬼太に訊ねた。用心のためと、その手には天狗鍬が握られていた。鬼太は鬼厳から借りた鎌を携えている。

「そうかもしれない。でも、桃太郎の家来の獣なら、これくらいの草なんかものともしないんじゃないか。さるは木々を渡り、鳥であるきじは空を飛ぶこともできる」

「ああ、そうだな」と納得したように前を向いた鬼広だったが、「待て」とすぐにまた振り返った。

「桃太郎はどうだ。人間には羽もなければ木々を渡る力もないから、この道を上っていくんじゃないのか。だがこの道は何者も通った形跡がない。丸ヶ浜では、桃太郎が待ち受けているということも……」

もともと青いその顔は、さらに青くなっていた。今朝、理屈をこねまわして鬼太を追い詰めたあの鬼広はどこへ行ったのか。

「今さら何を恐れてるんだ。そもそも侵入者を見つけるのが目的だべ」

鬼太の後ろから、鬼三が言った。さすが年長者は肝が据わっている。鬼広が口ごもったそのとき、はるか前方から「おおい、浜に出たぞ」と鬼郎の声がした。鬼太は鬼三とともに鬼広をせかして道を下り、丸ヶ浜に出た。

針毛浜よりだいぶ小さく、その名の通り丸い形をした浜——見渡す限り青い海が広がっているばかりで、舟影などどこにも見えなかった。へへっ、と鬼広が笑い出した。

「何が桃太郎だ。やっぱりそんなの昔ばなしだ。鬼太の臆病風にすっかり振り回されちまった」

「臆病風はどっちだ」

鬼太は頭に血が上りそうになったが、兄にたしなめられた。

「ひとまず、海で体を洗おう」

四頭の体は、山を下りてくる間に泥だらけになっていた。鬼郎に続き、三頭も海へ入り、体を洗う。

「怪しい雲が出てきたな」

鬼郎がつぶやいた。

「ひと雨、くるかもしれない」

鬼太は空を見る。たしかに、海の向こうから黒い雲が迫ってくるようだった。それを招いているかのように、一羽の老鷗がゆうゆうと飛んでいる。あいつは、すべてを見知っているのではないかと鬼太は考えた。おばばのように、あいつの言葉を理解することができたなら……鬼太が悔やんでいたそのとき、

「おにろーう、おにひろー」

山のほうから、誰かの声が聞こえた。

「おにざー、おにたーっ」

木々のあいだから浜に転がり出てきたのは、鞠《まり》のように丸い体型の緑鬼、鬼兵だった。浜を駆け抜け、波打ち際にばしゃばしゃと入ってくる。

「どうしたんだべ鬼兵。鬼厳さまを守ってるはずだべ」

「お、鬼三……。鬼梅が……、おめえんとこの鬼百合も……」

鬼兵の目は真っ赤だった。まさか——。

鬼太の体が冷たくなっていく。やめてくれ、鬼兵おじさん。それ以上、言わないでくれ——。

「殺されちまった」

鬼太の目の前が、真っ暗になった。

七、

鬼兵の家族の暮らす家は、集落の東の端にあった。鬼厳の屋敷からは、広場を隔てて向かい側にあたる。

鬼厳を守ることになった鬼兵は、武器を取りに戻ろうと一度家へ行ったが、家に近づくにつれて不安になったそうだ。女というものはどんな状況下にいても、四人も集まればぺちゃぺちゃとおしゃべりをするものだが、妙に静かだったのだ。鬼兵は胸騒ぎを覚え、一気に戸を開けた。

板の間は青い血の海だった。女どもは折り重なるように倒れていた。皆で茶でも飲んでいたのか、囲炉裏《いろり》には鉄瓶があり、湯飲みが倒れて中身がこぼれていた。

鬼兵は、わが妻とわが娘の体を揺すり名を呼んだが、返事はなかった。鬼百合と鬼菊もまた同様だった。戦慄《せんりつ》と憤怒と悔恨の入り混じった感情を抱え、鬼厳の屋敷に報告に戻ろうとしたとき、鬼兵は気づいた。西の裏口が開いているのだ。そこを出ると細い道が島の西側の崖まで続いており、そこからごみなどを海に放り捨てるのに使っているのだった。

女どもを殺した者は、まだ近くにいるかもしれぬ。鬼兵は裏口を飛び出し、道を走った。しかし、西側の崖にたどり着くまでに、りすの子一匹会うことはなかった。崖から下を覗いても砕け散る波浪があるばかり。舟などももちろん見当たらぬ。鬼兵は援助を求めるため、畑の奥の獣道から丸ヶ浜に下りてきた、というわけだった。

一同は山の中の道を戻り、屋敷にいた鬼厳を伴って、鬼兵の家へと駆けつけた。

「こりゃ、ひでえ」

鬼兵の家の様子を見るなり、鬼郎が言った。囲炉裏の向こうに仰向けになって倒れているのは鬼藤。その横に鬼菊がうつぶせになっている。鬼百合は囲炉裏の手前に仰向けになって目を閉じ、その鬼百合に、十字に折り重なるようにしてぽっちゃりした鬼梅の遺体があった。四つの遺体には、槍のような尖ったものでぶすぶすと突き刺された傷が無数にある。

「鬼百合、目を覚ませ、鬼百合」

鬼三の悲痛な叫びもむなしく、白い牙が覗くその口からはもう、何の言葉も返ってこないのだった。鬼厳は、悲しげな顔をして冷たくなった女の鬼たちを見ている。ごろごろ、と外で雷が鳴った。雨雲はもう、鬼ヶ島を覆っているのかもしれない。

「鬼百合ねえさん……」

鬼太はその名を口にして、涙がこみあげてきた。子どもの頃から優しくしてくれたねえさん。まだ小さかったころ、初めて自分で釣った魚をあげたら、とっても喜んでくれたねえさん。今朝も、鬼広の推理によって疑われた鬼太を、最後までかばってくれた。泣いたらだめだ、と鬼太は思い直す。こんなひどいことをしたやつは絶対に許さない。捕まえてやる。鬼百合の顔を見て――そして鬼太は、おや、と思った。もしかしたら、とんでもない勘違いをしていたかもしれない。

「きじの仕業に違いねえ」

鬼兵が、突き出た腹をさすりながら言った。

「この刺し傷は、きじの鋭いくちばしだろう。おいらが追っても姿がなかったのは、あの崖から飛んで逃げたからだ」

あああ、また桃太郎一味だと取り乱す鬼兵に「ちょっと待って」と言ったのは、鬼広だった。

「倒れているみんなの口元をよく見るんだ。泡まみれの血を吹き出している」

さっきは取り乱していたが、また冷静な一面を見せた。一同が鬼広の言うことを確認する。鬼三が「こりゃあ……」と口を開いた。

「オニコベ毒じゃ」

オニコベ毒というのは、鬼ヶ島に自生するオニコベ草という草を煮詰めて作る毒で、吹き矢の矢じりに塗って鳥や魚をしとめるのに使うのだった。かつてこの島では、そういう狩りや漁が頻繁《ひんぱん》に行われていたが、間違ってその矢が刺さってしまったり、毒を触った指をうっかりなめてしまったりすると、すぐに効き目が現れて死んでしまうほど危ない毒だ。禁じられてはいないが、今もその吹き矢を使っているのは鬼兵だけだった。

鬼兵は血相を変え、壁際にあった踏み台を持ち出し、天井板を一枚外して手探りをした。

「ない。ここにしまっておいたはずの吹き矢とオニコベ毒がない」

一同のあいだに、恐怖の風が抜けた。

「桃太郎一行は、吹き矢を使って女どもを殺したというのか」

鬼郎の発言に、鬼太は「違うよ」と言った。

「桃太郎なら、吹き矢なんか使う必要はないし、そもそもそんなところに吹き矢が隠されていることを知らない。鬼兵さん、吹き矢のことを知っているのは誰だい」

「鬼三は、知ってるな」

「ああ」

「あとは、鬼厳さまと鬼松にも話した」

そのとき鬼太はようやく、朝からの違和感の正体に気づいた。鬼茂の父である青鬼の鬼松。その姿が、朝から見えないのだった。

「そういえば、鬼松はどうしたんじゃ」

鬼厳が、鬼太と同じことに気づいたようだった。

「朝、鬼茂のことを報告に行ったときから、家にいませんでした」

鬼郎の発言に、一同はふたたび凍りついたようになった。

ぱらぱらと、屋根が音を立てる。雨が降ってきたのだ。嵐を忌み嫌う鬼ヶ島では、雨が降ったら近くの家に入り、やむまで外に出ないのが掟だ。

「鬼松は最近、息子とのことで悩んでおったようじゃが、息子が死んだ今、どこにいるんじゃ」

鬼厳がまた言った。

強くなる雨音を聞きながら、鬼太の頭は妙に冷静だった。何かが掴めそうな気がしていた。

——最近の鬼茂は父と仲が悪かった。鬼ヶ島が嫌いだとも言っていた。鬼茂の体格は鬼松と同じくらいでよく似ていて、遠くからでは見分けがつかぬほどだ。鴉泊の鬼茂の遺体は、顔をめちゃめちゃに引っかかれ、誰かわからぬほどになっていた。

「そうか」

「どうしたんだ、鬼太」

「鬼茂は死んでいない。鴉泊にあるあの死体は、鬼茂の親父さん、鬼松さんだ」

鬼太の言葉に、一同は息をのんだ。

「鬼松さんは昨晩、こっそり鬼茂を解放してやろうと、鬼見晴らしの小屋へ行って錠を壊したんじゃないだろうか。そこで鬼茂は鬼松さんを殺し、顔をめちゃめちゃに引っかいた上で鴉泊に落としたんだ。父親の背格好は自分とほぼ同じで肌も青い。近くでよく見なければ、皆が自分の死体だと勘違いするはずだと思ったんだ。鬼茂は自分の身代わりの死体を作ることで疑いから外れ、自由に身を隠しながら殺しができるというわけだ」

「馬鹿を言うな。なぜ鬼茂が皆を殺さなければならぬのだ」

「あいつは鬼松さんを疎《うと》んじていた。鬼松さんだけじゃなく、この島そのものがいやになっていたのさ」

鬼太より早く鬼郎の問いに答えたのは、鬼広だった。

「こないだ、鍋の作り方を俺が注意したら、睨んできたよ。あんなに恐ろしい鬼茂の顔は初めて見た。殺意すら感じるくらいだった」

鬼広の言葉が、鬼太の説を裏づけるようだった。鬼三、鬼兵の二頭、そして鬼厳もうなずいている。

「冗談じゃない。それが本当だというなら、今からもう一度確認してくる」

鬼郎は足元に置いてあった山刀を取ると、戸を開ける。とたんに雨が吹き込んできた。

「鬼郎、いかん。雨の日は外に出ないのが掟じゃ」

しかし、鬼厳の止めるのも聞かず、鬼郎は飛び出していく。兄貴だけにしては危ない。鬼太も鎌を握りしめ、その背中を追った。

八、

雨の中を走るのは思いのほか大変だった。足はすべるし、顔には雨粒が当たって痛いし、体も冷える。それでも鬼太は鬼郎の背中を追い、休むことなく坂道を上り切った。

鬼見晴らしは風が強く、目を開けるのにもひと苦労だったが、崖っぷちに這《は》いつくばるような格好でいる鬼郎の横で、鬼太も鴉泊を見下ろした。たしかに青鬼の死体があるが、顔は引っかき傷で判別できぬ。

「鬼茂か、鬼松か」

あとから追ってきた鬼広が、同じ体勢になり、下を見てつぶやいた。三頭はそのまましばし目を凝らし、青鬼の死体を見極めようとした。しかし、遠いうえに雨が容赦なく叩きつけてくる。鴉泊よりはるか下では、高波が岩肌に砕け散っていた。

「わからんな……」

鬼郎があきらめたように言う。

「鬼茂なのか、鬼松さんなのか。いずれにせよ、どちらかがオニコベ毒の吹き矢を持って、どこかに潜んでいるのかもしれない」

「俺たちを皆殺しにするつもりか」

鬼広の震える声に、「さあ……」と鬼郎は力なくつぶやいただけだった。そのとき、鬼太ははっとした。

「鬼兵さんと鬼三さんはどうしたんだ」

「鬼厳さんが掟を守って雨の中には出ぬと言ったので、鬼厳さんを守るために残ったんだ」

鬼広が答える。

「みんな、一つ所にいたほうが安全じゃないか」

たとえ相手が毒矢を持っていて、新たに誰かが殺されたとしても、その矢が放たれた方向はわかる。そうすれば鬼茂か、はたまた鬼松か、この恐ろしい殺戮を実行している者を捕まえることができる、と鬼太は考えた。

三頭は、泥だらけになりながら急いで坂道を下った。

「おや」

鬼兵の家が近づいたところで、鬼郎が足を止めた。戸が開いているのだ。何かがおかしい。三頭は同時に足を速め、中を覗いた。

女どもに加え、さらに死体が三つ、増えていた。

うつぶせになった黒鬼。その頭に覆いかぶさる丸々太った緑鬼。その脇にはやせた黄鬼――。

「鬼厳さん、鬼兵さん、鬼三さん」

鬼太は上がり込んで名を呼ぶが、三頭が死んでいるのは明らかだった。黒、緑、黄の体には、女どもと同じく無数の刺し傷があり、三つの死体を囲むように青い血の池ができているのだ。

「また、オニコベ毒だ」

鬼三の顔を確認した鬼広が、恐怖に引きつった顔で言う。

「ちくしょう」

鬼太が叫ぶと、鬼郎が「気をつけろ」と言った。

「まだ、この家に潜んでいるかもしれねえし、近くにいるかもしれねえ。残ったのは俺たちだけだ。お互い、片時も離れるんじゃない。それだけが、俺たちが生き残れる方法だ」

鬼太は兄の顔を見つめ、ごくりと唾を呑んだ。

九、

鬼太たち三頭は、鬼兵の家よりずっと造りが頑丈な鬼厳の屋敷へ移った。戸口の戸、縁側の戸も閉め切り、息を殺して、もうどれくらいの時間が経っただろう。風雨に吹き飛ばされることはあるまいが、雨音は弱まる気配を見せるどころか強くなる一方で、三頭の不安をさらに膨らませていた。

「腹が減ったたな」

「今はそんなことを言っている場合じゃねえ」

鬼郎が充血した目で、天狗鍬を抱えている鬼広を睨みつける。

「生きなければなんねえ。……雨があがれば、動きやすくなる。やつを探して、とっ捕まえるんだ」

薄暗い中で牙を剝き出すその顔は、まさに鬼だった。萎縮する鬼広に、鬼太は気になっていることを訊ねた。

「鬼広、鬼厳さんや鬼三さん、鬼兵さんも、オニコベ草の毒でやられていたのか」

「ああ……、鬼三の口から血の泡が出ていたのは、お前も見たろう。あの刺し傷は、きじの仕業に見せかけるためだ。鬼松か鬼茂か、どっちにしても家の陰で話し合いの様子を聞いていて、俺たちが鬼見晴らしへ向かって出ていき、頭数《あたまかず》が少なくなったところを襲ったんだろう」

「だとしたら、三頭の体に刺し傷を残したのはなんでだ。俺たちがもう、きじやさるの仕業じゃないと気づいていることを、知っているはずなのに。それに……」

「ぐちぐち言うな」

鬼郎が鬼太の頭を叩いた。

「三頭とも殺されちまったんだ」

それは間違いない。あれだけの刺し傷がありながら生きている鬼などいないはずだ。

鬼太には、どうも気になることがあったが、もはやこれ以上口を開くのが得策とは思えなかった。鬼広はもう、がくがくと震えているだけだ。

鬼郎が突然立ちあがった。

「鬼茂か、鬼松さんか。どっちでもいい。隠れてねえで、出てきやがれ」

叫びながら、山刀をめちゃめちゃに振り回す。その姿は、見えない敵への恐れの表れに、鬼太には見えた。

と、そのときだ。

縁側の戸が激しく叩かれた。

三頭は顔を見合わせた。雨ではない。風でもない。……今や、この島にはこの三頭しか生き残っておらぬはずなのだ。動物ならいいが……と鬼太が願ったそのとき、もう一度戸が叩かれた。

「ひいっ。助けてくれ」

鬼広が頭を抱える。

「うるせえ」

鬼郎が戸に近づき、一気に引き開けた。雨が降り込んできた。

「……ん?」

鬼郎が凝視しているのは、縁側の向こうに見える、皆が一堂に会して食事をとる広場だ。たき火の跡に誰かが仰向けに横たわっていた。青鬼だ。

「あっ、あれは」

鬼広が天狗鍬を手に飛び出す。鬼郎と鬼太も後を追う。雨が叩きつけるたき火の跡。うつろな目で仰向けになっているその青鬼の顔――鬼茂の父、鬼松だった。胸には息子と同じく鋭い爪でやられたような引っかき傷が無数につけられている。

「……どういうことだ。鬼松さんじゃなかったじゃねえか」

雨に濡れながら、鬼広は鬼郎に食ってかかった。鬼ヶ島に青鬼は三頭しかいない。鬼松、鬼茂、そして鬼広だ。ここに鬼広がおり、鬼松の死体があるということは、鴉泊の青鬼の死体はやはり鬼茂ということになる。殺戮を繰り広げているのは、鬼松でも鬼茂でもないということだ。

「は――、はは、――ははは」

鬼広は大口を開けて天を見上げ、笑いはじめた。雨を飲んでいるかのようだった。

「そうかそうか。お前たちだったのか。兄弟で協力して、皆を殺していったんだね。大したものさ。は、はは――はは」

口調こそいつもの気障っぽさを取り戻していたが、目の焦点は合わず、その表情はおかしかった。

「落ち着け鬼広。俺たちはずっと一緒にいただろう。この死体を運んだり、戸を叩いたりできるはずがない」

「てんぐのしゃっくり、ひょっ、ひょっ、ひょっ」

びゅん、と鬼郎の鼻を天狗鍬がかすめ、地面に大きな穴があく。

「信じられると思うか」

鬼広は、氷のような視線を鬼郎に向ける。そうかと思うとまた甲高く笑いながら、天狗鍬を振り回す。

「ついてくるなよ。来たら殺すよ」

言い捨てると、鬼見晴らしへ向かう道へ駆け出していった。鬼太はとっさに追おうとしたが、鬼郎に手首を摑まれた。

「何するんだ兄貴。鬼広を一人にしておいては危ない」

「今、あの道に入るほうがよっぽど危ない。いいか。戸を閉め切って屋敷の中にいるのが一番いいんだ」

鬼太は、鬼郎に無理やり屋敷内に引っ張り込まれた。

十、

いつしか、雨音は小さくなっていた。やんではいないが、小降りになっているようだった。鬼太は兄と背中合わせになり、じっとしている。兄は山刀、鬼太は鎌を握りしめ……。

鬼太は、鬼厳、鬼三、鬼兵が倒れていたあの家の様子を思い出していた。

……やっぱり、おかしい。これについて、兄に言うべきか。いや、やっぱり言うべきだろう。

「あに……」

「鬼太、一つ、気になっていることがあるんだがな」

意を決したとき、鬼郎が話しかけてきた。

「なんでお前は二番目に殺されなかったんだ」

「え」

「おかしいじゃないか。お前は蔵の中に閉じ込められ、手足を縛られていた。誰も蔵には近づかない。皆殺しにするなら、殺しやすい順にやればいい。あんとき、一番殺しやすかったのは鬼おばばじゃなくて、お前だ」

「いや、それはそうだけど……それが、どうかしたのか」

鬼太の背筋に嫌な汗が浮かんだ。ざっ、と背後で兄が立ちあがった。振り返ると、兄は山刀を鬼太のほうへ向けていた。

「俺は騙されねえぞ、鬼太」

「どういうことだよ。山刀を下ろしてくれ」

「お前には協力者がいる。そいつとこの鬼ヶ島で二人になるために、この殺しをやっているんだ。誰とやってるんだ、白状しろ」

「協力者なんていない。みんな、死んじまったじゃないか」

ぎらりと光る山刀と、恐ろしく冷静な鬼郎の顔を見比べながら、鬼太は弁明した。

「ははあ」と、鬼郎は笑った。

「鬼百合か。お前、あいつのことを好いているもんなあ」

「鬼百合ねえさんも死んじまった」

「本当かな。俺は鬼百合の死体をはっきり調べてみたわけじゃねえからな。あいつは死んだふりをして、まだ生きてるんだ」

鬼太は哀しみの中で、一本の糸を摑んだ気がした。

「そうなんだ、兄貴。死んだふりをした鬼がいるんだ。でもそれは鬼百合ねえさんじゃない。聞いてくれ、鬼兵さんの家だけど……うわっ」

鬼郎が山刀を振り下ろしてきた。その目は、確実に鬼太を殺そうとしていた。鬼太は縁側のほうへのがれ、戸を開いて外へ飛び出した。鬼郎は牙のあいだから涎《よだれ》を垂らし、追ってくる。

「待てっ」

「聞いてくれ、兄貴」

鬼太は鬼兵の家に駆けこもうとした。鬼百合の死体をもう一度見せれば、納得してくれるかと思ったからだ。

だがすぐに無理だと判断した。家なんて逃げ場のないところに入ったら、すぐに追い詰められて山刀を振り下ろされてしまうかもしれない。優しかった兄は、恐怖の中で壊れてしまったのだ。もうだめか……。いや、まだ鬼広がいる。頼りないが、力の強い兄がこうなった今、しかたない。

鬼太は一縷《いちる》の望みをかけ、鬼見晴らしへ続く道を走った。

「殺してやる、殺してやる」

山刀を振り回し、ただでさえ赤い顔に怒気を浮かべ、鬼郎は追ってくる。

あっという間に、鬼見晴らしに着いた。鬼広の姿は見えない。小屋の中にいるのだろうか。

「待てっ」

小屋の戸に手をかけたとき、鬼郎に肩を摑まれた。振り向いた瞬間、頬に狂気の風を受けた。山刀は、鬼太の頬すれすれをかすめて小屋の戸に食い込んだ。鬼太は鬼郎を突き飛ばし、崖っぷちへと逃げた。

鬼郎が山刀を引き抜き、鬼太めがけてぶん投げてきた。鬼太がとっさにしゃがむと、山刀はびゅんと鬼太の頭を越え、海へと落ちていった。それを目で追い、鬼太ははっとした。

遥か下方の海に、一体の青鬼が仰向けに浮いているのだ。遠目にもわかった。さっきまで生きていた鬼広が、目をつむって、抗うことなく波に揺られているのだった。

「ああっ、鬼広もやられちまった。波に……くっ」

振り向いた鬼太の首に、鬼郎の手がかかった。もう、鬼太の言葉は兄の耳には届いていなかった。ぐぐっと鬼郎の手に力が入る。鬼太の視界が揺らぐ。

「くっ、……やめ、やめ……やめろぉっ」

鬼太は、兄の手を摑み爪を立てた。首を絞める鬼郎の手が緩んだ。

「うおおおっ」

どこにそんな力が残っていたのか。鬼太は、左足を軸として右足を蹴り、体を反転させた。均衡を崩した鬼郎がぐらりと揺れ、足を崖のふちから踏み外し、うぉぉぉと、雄たけびのような声を上げながら、鬼太の視界から消えた。鬼郎の筋骨隆々の体が白い波に落ちていく。その途中、鴉泊のへりに頭をぶつけ、雄たけびは止まった。

それからどれくらい、小雨に降られていたのだろう。

鬼太はえずきながら、波を見ていた。鬼郎の大きな赤い体が、鬼広の華奢《きゃしゃ》な体と並んで波に揺れていた。まだ、小雨は降っていた。

鬼太は立ちあがり、歩き出した。疲れ切っていた。自分の足ではないようだった。見慣れた、集落への下り坂。もう、誰もともに歩くことはない。

みんな、死んでしまった。この絶海の鬼ヶ島には、今はもう、自分しかいない。

もう、誰も——と、鬼太は足を止めた。

顔を上げる。

前方に、仁王立ちになっている者がいた。

昔ばなしで聞いていた、白い肌。頭に何かを巻き、右手に刀を握っている。

「……ああ」

なぜか、恐怖より安堵といったほうがいいような感情だった。本当にこんな、白い肌の者がこの世にいるのかと、新鮮だった。

その者は雨に濡れた地を蹴ると、刀を振りかざしながら鬼太に向かってきた。無抵抗な鬼太の胸に、熱いものが一筋、走った。胸から青い血を流しながら鬼太は膝をつき、泥の道に仰向けに倒れる。

「やっぱり、あんただったんだな——」

鬼太にとどめを刺そうとするその者に向け、鬼太は語りかけた。

「——桃太郎」

天から地へ、鬼太の体を刀が貫く。

その島は、周囲を海に囲まれた小さな島である。二つの尖った岩が聳《そび》え立ち、遠くから見ると鬼のようである。陰鬱《いんうつ》な雲が立ち込め、小雨が島を哀しみの色に染めている。

もう鬼の息遣いの聞こえなくなったその島の運命を見下ろすように、しばらく一羽の老鷗が飛んでいたが、やがて海の彼方へと去っていった。くすんだ灰色のその姿は、何かをあきらめたかのようだった。

十一、

【吉備国桃流谷《きびのくにももながれだに》、とある年寄り猿が若い猿たちに聞かせた話】

今日お前たちに集まってもろうたのは、他でもない。桃太郎と鬼ヶ島の話をするためじゃ。……ふむ。たしかに年上の者たちには、桃太郎さんの武功については何度も話した。じゃが、昨日、老鷗がやってきて、わしに新たな話を伝えてくれたんじゃ。

まずは、年下の坊たちに話したことのない、鬼の話からしようかの。

鬼ちゅうのは、恐ろしい化け物じゃ。体は岩のように大きくての、虎の皮を腰に巻いておって、もじゃもじゃの頭には牛のような角が生えておるんじゃ。体は黒か赤か青か黄色か緑、それに桃色と決まっとって、人間のように白い肌の者はおらんちゅうことじゃ。

鬼は、海のかなたの鬼ヶ島に住んでおっての、その昔は人間どもの里山に現れては、食べ物や酒、人間たちがほうぼうから集めた不思議な力を持つ宝物を奪っていったということじゃ。ひどい目に遭《お》うたのは、人間だけではない。海から上がって里山へ行く道々、鬼どもは森の動物たちを片っ端から捕まえては、むしゃむしゃと食べておったんじゃ。我ら猿一族もたくさんやられての、若かった爺《じい》さまは悔しくて悔しくて、いつか鬼のやつらをとっちめてやると、日々、修行しておったんじゃ。……いや、わしのことではない。わしの爺さまじゃ。そうじゃ。だからだーいぶ昔の話なんじゃ。

ある日、いつものように修行をしていた爺さまは、人間どもが通る道を横切ろうとした。すると、里山のほうから犬を一匹連れた、二十歳ばかりの人間の青年が現れたんじゃ。ずいぶんと立派な身なりをしておるその人間の、腰から下げている袋からは何とも言えぬうまそうな香りが漂っておった。なんだかわからんがそれをくれんかと、腹が減っていた爺さまは頼んだんだそうじゃ。

桃太郎と名乗ったその青年は、鬼退治についてくるならやると答えた。聞けば、一緒にいる犬も親兄弟を殺され、ついていくことにしたんだと。これは願ってもない機会と、爺さまはその場でついていくことにしたんじゃ。そのとき、桃太郎が爺さまにくれたのが、ほら、今でもたまに里山から人間が持ってきてくれるじゃろう、きび団子じゃ。

道々、同じ志《こころざし》を持ったきじとも出会って、爺さまを含めた桃太郎一行は舟で海を渡り、鬼ヶ島に着いたんじゃ。鬼たちはとても強かったが、日々修行しておった爺さまの敵ではなかった。桃太郎や犬やきじの手を煩《わずら》わせることなく、軽い身のこなしと鋭い爪で、爺さまだけで三十匹ばかりの鬼を倒したのじゃ。

もとより、おつむのよさでは他のどんな獣にも勝る猿一族じゃ。本気を出せば、武力も存分に発揮できるんじゃ。ほんに、猿に生まれて幸せじゃのう。

そんなことはひとまずおいての。浜にいた鬼をみんな退治したあとで、桃太郎は、鬼が奪った宝はどこじゃろうと探したんじゃ。鬼ヶ島は、一行が降り立った南の浜から北の崖まできつい坂が続いており、その中腹の東西に一本ずつ、角のように聳える岩がある。その、東のほうの岩の根元に大きな洞窟があって、たいそうな鉄の扉に錠がかけられておった。

桃太郎が力ずくでその錠を壊すと、年老いた鬼が出てきた。その鬼が西のほうの岩の洞窟に宝があると言った。桃太郎はその鬼を容赦なく斬り倒すと、西の角岩の洞窟から宝物を運び出し、舟に積んだんじゃ。そして爺さまと犬、きじに、先に帰ってくれと言った。

もし鬼が一匹でも生き残っておったら、あとで仕返しに来るかもしれん、島に鬼がまだ残っておらんかしっかり見極めるまで帰れんと。

桃太郎さん一人をおいて帰れません、と爺さまたちは言ったのじゃが、早く里山の者たちに宝物を返してやってくれと、桃太郎は聞かんかったそうじゃ。爺さまたちはしかたなく先に帰った。舟のかじ取りはもちろん爺さまがやった。犬やきじなんか、何の役にも立たんのう。

——さて、ここからが、わしさえ、昨日、老鷗から聞くまで知らんかった話じゃ。

桃太郎が鬼ヶ島に残ったのには、爺さまたちも知らない理由があったんじゃ。東の角岩の洞窟の扉を開けたとき、実は桃太郎には年老いた鬼の後ろの岩陰に、他の鬼たちが隠れているのが見えておったそうな。その中に、美しい赤鬼の女がおって、早い話が桃太郎は、その鬼に一目ぼれをしてしまったのじゃ。爺さまたちを帰したあと、東の角岩の洞窟に戻った桃太郎は、他の鬼どもに洞窟を出るなと命じ、鬼蛍という名のその赤鬼女の手を引き、集落の空いた家に引きずり込んだ。そしてあろうことか、鬼蛍と暮らしはじめたんじゃ。

桃太郎は鬼蛍には優しく、初めは怖がっていた鬼蛍も、次第に桃太郎に魅かれていった。ところが、そんな暮らしが長く続くはずはなかった。

ひと月ほど経ったころ、桃太郎が帰ってこんことを不思議に思うたきじが鬼ヶ島に飛んでいき、その暮らしを知ったんじゃ。驚いたきじは、正気を取り戻すよう桃太郎を説得した。桃太郎も、鬼退治に来た自分が鬼と暮らしておるという状況に悩んでおったようで、よく考えた末、鬼ヶ島を発《た》つことにした。

別れがつらかった桃太郎は、生き残っていた他の鬼どもを退治する気力も起きず、それどころか「これを俺だと思って大事にしてくれ」と、鬼蛍に刀を預けたんだそうじゃ。

桃太郎が去って安心した鬼たちは、鬼蛍を命の恩人として称《たた》えたのじゃ。ところがその後、とんでもないことが起こった。鬼蛍が男の鬼を生んだのじゃが、その子は頭に角が生えているとはいえ、鬼には決していないような真っ白い肌をしておったんじゃ。鬼蛍は、桃太郎との子を身ごもっていたんじゃの。夫の鬼丸はその子を殺せと鬼蛍に迫ったが、鬼蛍は嫌がった。命の恩人である妻に拒まれては、鬼丸も強くは言えんかった。鬼厳と名づけられたその子は、他の鬼に桃太郎の息子であることを秘密にするため、体中に煤《すす》を塗られ、黒鬼として育てられることになったのじゃ。

鬼ヶ島の再興を目指していた鬼丸は、鬼厳の煤が流れて他の鬼が人間の子と気づくのを恐れ、あのひどい嵐の話にかこつけて、嵐を忌み、雨の日は外に出ないという掟を作った。また、鬼厳に、決して他の鬼に触られんようにと厳しく言いつけたのじゃ。

鬼厳は、自分が人間と鬼のあいだの子だということを親からは聞かされなんだが、成長するにつれ、自分の白い肌が家族以外の鬼に知られてはいかんらしいことに気づき、自ら煤を体に塗るようになった。

そして数十年の時が流れ、鬼蛍は死に、後を追うようにして鬼丸も死んだ。鬼丸は死に際、鬼厳に「父のやり残したことをやり遂げてくれ」と言い残したんじゃ。父親を尊敬しておった鬼厳はその言葉を自分なりに解釈し、鬼たちを取りまとめて鬼ヶ島の長のような存在になった。

それからさらに何十年もの時が流れ、桃太郎一行が鬼ヶ島を訪れたことを知る者はもう、鬼丸と鬼蛍の本当の子どもしかおらんかった。皆から鬼おばばと呼ばれているその女の鬼は、鬼厳が本当は桃太郎の子であるという事実を隠すために、桃太郎の話を、子どもを戒《いまし》めるための昔ばなしとして語り伝えたんじゃ。

もちろん、桃太郎が島に残ったことや鬼蛍の関係については省き、誰より鬼厳にそのことを隠し続けた。本当は二十歳ばかりの青年だった桃太郎を、子どもとして語るほどの念の入れようじゃった。

ところが、つい最近のこと、鬼おばばは自分の死期が近いことを悟ったんじゃ。歳を取って気が迷ったのか、出生の秘密をこのまま鬼厳に伝えずに死んでしまっていいものか悩み、老鷗にも相談しておったそうな。

そんな折、赤鬼の鬼太と、青鬼の鬼茂という十ばかりになる子どもの鬼どもが喧嘩しおった。鬼たちは、足が悪くて屋敷の離れにこもりっきりになっておる鬼おばばのところへこの子らを連れていき、戒めの桃太郎の話を聞かせるようにせがんだ。

そのあと、鬼太は島の南の浜に立つ掘立小屋に、鬼茂は北の崖に立つ小屋に、反省のために閉じ込められたそうじゃ。鬼おばばは、子どもらに桃太郎の話を語り聞かせるうちに感極まって、やはり鬼厳に話さねばという気持ちになったようでの、鬼厳を呼び出し、ついに数十年前の真実を話してしもうた。

姉弟の話を、老鷗は鬼おばばの住む離れの裏でじっと聞いておったんじゃが、鬼厳に、取り乱した様子はなかったそうじゃ。どこかで、自分に桃太郎の血が流れていることをわかっていたのかもしれん。しかし、ここで鬼厳の頭をよぎったのが、鬼丸の最後の言葉だったようじゃ。

父のやり残したことをやり遂げてくれ、という言葉じゃな。

鬼厳は生真面目な鬼で、それまでは鬼丸のやり残したことをやり遂げることが鬼丸の遺志と思っとったが、今や本当の父は桃太郎であると知ってしまった。桃太郎が鬼ヶ島でやり残したこととは何か。……皆も、この世で最も頭の良い猿一族じゃ、わかるであろう。

鬼厳は悩んだが、鬼丸の遺言は守らねばならんと思ったのじゃろう。朝までかかって、じっくりと鬼退治の計画を練った。

鬼厳が初めに狙ったのは、鬼茂の父の青鬼、鬼松じゃ。鬼茂がいない鬼松の家に忍び込むと、その首を絞めて鬼松を殺し、遺体を自分の屋敷に運んで床下に隠しておいた。鬼は力が強いからの、老いておっても、他の鬼一匹くらいなら軽々と運べるんじゃ。

鬼厳は次に、鬼見晴らしへ出向くと、小屋の戸の施錠を解き、眠っている鬼茂をも殺めた。鬼茂の死体の胸に、我々猿一族がつけたような引っかき傷をつけ、顔がわからんようにめちゃめちゃにして、崖の途中にある鴉泊という岩棚に落とし、急いで集落へ戻ったのじゃ。老鷗によれば、このときすでに海の向こうには、朝日が顔を出しつつあるところじゃった。

皆が起きてくると、鬼厳は自ら鬼茂を解放してやろうと言って、鬼郎という若い赤鬼を鬼見晴らしの小屋に向かわせ、鬼茂の死体を発見させたんじゃ。皆は、鬼松の姿がないことに気づいておったが、鬼茂のことでそれどころではなかったんじゃ。

しばらくして、浜辺のほうに閉じ込められておった鬼太と見張りの二匹の鬼娘を、鬼郎と鬼広ちゅうやせた青鬼が連れ帰ってきた。鬼広は勝手に、鬼太が鬼茂を始末したのだと自慢げに述べ、鬼太は蔵に閉じ込められることになったんじゃが、そんなのは鬼厳にとってはどうでもいいことじゃった。

鬼厳はさらに、足が悪くて離れから出てこれん鬼おばばを殺し、肩をえぐり、自らの歯型をつけて犬が殺したように見せた。さらに鬼厳は四匹おった女たちを一つ所に集め、茶でも飲むといいと、自ら作った毒入りの茶を女どもに飲ませて殺すことに成功したのじゃ。女どもの体には槍で刺し傷を作り、きじにやられたように見せた。

桃太郎の家来たちの仕業に見せたのは、男の鬼たちをかく乱させ、少しでも殺しやすい状況をつくるためだったじゃろうのう。この目論見は、鬼おばばの死体が発見されたときまではうまくいったが、女どもの死体が見つかったときにうまくいかなくなった。鬼広という気障な青鬼が、女どもの口から泡まみれの血が吹き出しているのに気づき、鬼兵という毒吹き矢を使う鬼が、毒で殺されたことを指摘してしまったのじゃ。

鬼厳は焦ったか。とんでもない。ここでようやく、晩のうちに仕込んでおいた鬼松の死体を使うことにしたんじゃ。まず、鬼松の姿が見えないことを口にし、さらに、鬼松が息子との関係に悩んでいたことをほのめかしたんじゃ。鬼厳の思い通りのことを言ったのは、鬼太だったそうじゃ。すなわち、昨晩のうちに解放された鬼茂が父の鬼松を殺して、顔をわからんようにして鴉泊へ落とすことで自らの死体とし、そして次々と鬼たちを殺しているのではないかと言い出したんじゃな。そうなると鬼たちは、もう一度鬼茂の死体を確かめようと鬼見晴らしへ行くはずじゃ。

もともとは、自分は足腰が弱ってきているからなどと言って坂を上らず、自分の護衛のためにともに集落に残った鬼を殺すつもりだったんじゃろうが、ここで折よく雨が降ってきよった。若い三匹は、鬼厳の思惑どおりに鬼茂の死体を確かめに鬼見晴らしへ行ったが、年長の二匹は掟を守って残ったのじゃ。

鬼厳はこの二匹を毒吹き矢で殺すと、屋敷へ戻って隠しておいた鬼松の死体を引っ張り出してきた。そして青い鬼松の体に煤を塗りつけたんじゃ。子どもの頃から他の鬼に知られんように自らの体にやってきたこと、青い鬼松の体はまたたくまに黒鬼のそれへと変わった。

鬼松の体をうつぶせにし、年長の鬼二匹の死体をその上に乗せ、黒鬼の顔を確かめさせんようにした。鬼松の死体は、死んでから時間が経っておるから槍で刺しても血は出ん。上に乗っている二匹の血でそれをごまかす意味もあったんじゃろう。生き残った三匹の若い鬼たちは、刺し傷だらけの三つの死体を見て、唯一の黒鬼である鬼厳が死んだと思い込んだのじゃ。

三匹は恐れをなし、鬼厳の屋敷にこもってしまった。用心している三匹を一気に殺すのは難しい。鬼厳はそこで、さらに大胆なことをしでかしおった。さっき身代わりにした鬼松の死体を引っ張り出し、雨で煤を洗い流し、本来の鬼松の死体として三匹の前に登場させたのじゃ。背中についた刺し傷は、仰向けにすれば見えなんだ。鬼郎、鬼広、そして鬼太の三匹は、よもや目の前の死体がさっき見たものと同じとは思わず、疑っていた鬼松が死んでいたことと、やっぱり鬼茂も死んでいたことに絶望し、混乱したはずじゃ。

鬼厳はうまくやったと言わねばなるまい。一つの死体を、鬼厳自身と鬼松、二匹ものに見せかけて死体の数を合わせたばかりでなく、青鬼が身代わりの死体ではないことを示すことによって、黒鬼が身代わりの死体であることから三匹の目をそらしたのじゃからな。

お前たちの中には、どうして鬼厳がこんなに急いで次々と鬼たちを殺していったのか、疑問に思う者もおるじゃろう。それは、鬼松の死体をうまく使うためじゃ。鬼ちゅうのは、死んだらすぐに体が腐ってしまう。一日も経つと、腐った蜜柑のようにしわしわになり、元の肌の色も関係なく茶色くなってしまうんじゃ。そうなってからじゃ自分の身代わりにも使えんし、再び鬼松として生きとる者の前に出し、混乱を与えることはできんからな。

鬼厳の迅速な計画はうまくいき、三匹の恐怖と混乱は頂点に達した。まず鬼広が一匹だけ離れて鬼見晴らしへ逃げた。鬼厳はこれを毒吹き矢でたやすく殺し、海へ落した。続いて鬼郎が恐怖のあまり錯乱し、鬼太を追いかけて鬼見晴らしへ行った。格闘したあげく、意外にも鬼郎のほうが力負けして崖から落ちた。

残ったのは子どもの鬼太じゃ。最後の鬼を倒すのは父が島に残した刀でと、鬼厳は決めておったみたいじゃ。音に聞く鉢巻きなるものを巻き、鬼太の前へ現れた。鬼太はびっくりしたろうのう。死んだはずの村長が目の前に現れ、刀を振り上げたんじゃから。

……いや、違うかもしれん。長い間、雨の中にいた鬼厳の体の煤はとうに洗い流されておったはずじゃ。その下には、白い、人間の肌が現れたんじゃ。

鬼太にはその姿が、その白い肌の鬼厳が、幼い頃から恐ろしいものと語られた桃太郎の姿に見えたんじゃなかろうかの。

鬼太を斬ったあと、鬼厳はその場に座り込み、刀をじっと見ておったそうな。老鷗はゆっくりと島から離れた。鬼厳がどうしたかは、誰も知らんのじゃ。

ともあれ、これで桃太郎の鬼退治は、何十年かの時を経てようやくすんだというわけじゃ。猿一族が、鬼どもに食われることは永遠にないじゃろう。

めでたし、めでたしじゃ。

# 解説

今村昌弘（作家）

本書『むかしむかしあるところに、死体がありました。』は二〇一九年に単行本で刊行されると、瞬く間に読者層の垣根を越えて話題になり、その年の本屋大賞にもノミネートされた記録にも記憶にも残る傑作ミステリーだ。私もまた刊行間もなく読破し、その完成度に敬服した読者の一人だった。文庫の解説という場をお借りして、同じミステリー作家の立場から本作がいかに絶妙なバランスの上に成り立っているかを述べようと思うのだが、都合上作中のストーリーやトリックに絡むネタバレが多分に含まれるので、未読の方は先に本文をお読みになりますよう。

二〇一九年は、ミステリー界の中で『特殊設定ミステリー』という言葉が頻繁に聞かれるようになった時期だった。『特殊設定ミステリー』とは読んで字の如く、世界観や登場人物に関して現実には存在しない特殊な設定が組み込まれたミステリーのことで、常識に囚われない、目新しいトリックやロジックを構築できる利点がある。一方難点もあって、フェアなミステリーであるためには、特殊な設定についての説明を加える手間がかかるのだ。仮に魔法が使える世界であるのなら、魔法を発生させる仕組みやそれに伴う制限、魔法が作中の社会や人々にどのように捉えられており、生活にどんな影響を及ぼしているのかなど、現実世界との差異を正確、精密に説明する必要がある。これがうまくいかないと、作者と読者のイメージに大きなギャップが生まれてしまい、謎自体がうまく伝わらなかったり、読者が設定を拡大解釈したりして、種明かしではしごを外されたような気持ちになってしまう。このように〝設定の説明〟はただでさえ扱いが難しく、ましてリーダビリティの邪魔にならないよう物語に溶け込ませるにはどうすればいいのか、私はいつも頭を悩ませることになる。

ところが本書は、誰もが知る昔話を利用することでこのハードルを軽々と乗り越えている。これがまず「うまい！」と膝を打つ点だ。生き物の大きさを変えてしまう魔法の道具や花を咲かせるヘンテコな特殊能力も細々とした説明は不要で、一寸法師、花咲かじいさんと言うだけである程度の共通認識を得ることができる。加えて『むかしむかし――』というタイトルは傍目にもキャッチーで、ミステリーに詳しくない読者も気軽に手に取ることができるだろう。一粒で何度もおいしい、珠玉のアイデアではないか。こういうのは先に思いついた者が勝ちだ。私を含め後塵を拝した者は、読者としてそれを楽しむ他ない。

本書に収められた短編の魅力を一つずつ仔細に語りたいところだが、そんなことをしていては膨大な分量になって本書の値段が上がってしまう。さすがに申し訳ないので、ここは私が着目した、各話の概要と本書における役割について述べさせていただく。

まず第一話の『一寸法師の不在証明』は、容疑者一寸法師のアリバイを崩す、本格ミステリの華ともいえるハウダニットものだ。まさに『むかしむかしあるところに、死体がありました。』が示す、稚気とグロテスクさが合体した端正な本格ミステリであり、この話を以て読者はこれから踏破しようとする作品世界がいかなるものか見当を付けるはずだ。

続く第二話、『花咲か死者伝言』はこれまた本格ミステリの基本、フーダニットを軸としつつ、最後に意外な目論見が明かされるサスペンスでもある。第一話と違った趣向だが、いずれも緻密な伏線が張り巡らされたミステリーであることが分かり、読者は次こそ真相を見抜こうと意気込むことだろう。それすら、作者が仕掛けた罠であると気づかぬままに。

第三話『つるの倒叙がえし』がくせものである。タイトルの通り、一人の男が殺人を犯す場面から物語は始まる。なるほど今回は倒叙もの、犯人視点の物語なのだな、と前の二話でコツを摑んだ読者は考え、手がかりを見逃すまいと目を凝らす。しかしそれこその作者の思うつぼ。ここで炸裂するのは叙述トリックなのだ。まさか昔話をこんな風に活用するとは。底だと信じていた地面が抜けたような衝撃とともに、本書の魅力を見誤っていたと痛感させられた。

第四話『密室龍宮城』は、本書の中でも最も難度の高い不可能犯罪もの。龍宮城の間取り図も登場し、真っ向からハウダニットとフーダニットの謎に挑まねばならない。特殊設定ミステリーならではの大胆な仕掛けだが、その手がかりの配置は実に隙がなく、前話から打って変わって、堅牢なロジックに力尽くでねじ伏せられてしまう。

そして第五話『絶海の鬼ヶ島』。ミステリーファンには説明不要であろう、島で平和に暮らす鬼が姿なき敵に一人また一人と殺されていく、昔話版『そして誰もいなくなった』で本書はフィナーレを迎える。

まさに五話五様、ミステリーのいいとこ取りをしたような一冊である。しかも各話の趣向が効果的に楽しめる並びになっていることがお分かりいただけただろうか。第一話と第二話でオーソドックスな形を刻み、第三話の変化球で読者の体勢を崩す。第四話で剛速球をズドンと放り、第五話でウィニングショット。完璧だ。

と、ここまで偉そうに書き連ねてきたが、昔話とミステリー特有の緻密な構造をこうも見事により合わせることができたのは、青柳さんの手腕あってこそだ。稚気と邪気が背中合わせに存在した世界の中で、鋭利な伏線を柔らかな語り口の中に潜ませ、ともすれば反発しそうなファンタジーとロジックを両立させている。不要なものを一切含まず、余分なものをそぎ落としているからこそ、不自然さを感じることなく読み進めることができるのであって、これは本当にすごいことなのだ。

一つの名作が生まれた時、周囲がそのオマージュを試みたり、アイデアを少し違った方向に派生させようとするのは当然の流れだ。しかしこれだけ完成度の高い先例が存在している以上、かなりハードルの高い挑戦になることは確かだろう。

そしてすでに青柳さんは、このシリーズの第二弾とも呼ぶべき『赤ずきん、旅の途中で死体と出会う。』を刊行されている。こちらは舞台を西洋の童話へと変え、また新たな仕掛けを施されたミステリーが満載だ。我々が追いつく間もなく、青柳さんは新たな鉱脈を掘り進めていく。

さあ、次はなにを見せてくれるのか。

作者の苦労も知らず勝手なことをと言われるかもしれないが、こうした期待ができるのは、読者にとって本当に幸せなことなのだ。

本作品は日本の昔ばなしを基にしたフィクションで、
二〇一九年四月に小社より単行本として刊行されました。
作中に登場する人名その他の名称は全て架空のものです。

双葉文庫

あ-66-01

むかしむかしあるところに、死体《したい》がありました。

2021年9月12日　第１刷発行
2024年4月24日　第20刷発行

【著者】
青柳碧人《あおやぎあいと》

【発行者】
箕浦克史
【発行所】
株式会社双葉社
〒162-8540 東京都新宿区東五軒町3番28号
［電話］03-5261-4818（営業部）　03-5261-4831（編集部）
www.futabasha.co.jp（双葉社の書籍・コミックが買えます）
【印刷所】
大日本印刷株式会社
【製本所】
大日本印刷株式会社
【カバー印刷】
株式会社久栄社
【DTP】
株式会社ビーワークス

【フォーマット・デザイン】
日下潤一



ISBN978-4-575-52497-0 C0193
Printed in Japan